Armelle Raulo

Les Mystères de Sidroc'h

Le Passage

Illustré par
Senyphine

beluga

Ce livre est dédié à Françoise,
Maman Louve de notre monde.

À toi, sans qui toute cette aventure
n'aurait jamais commencé.
Vous êtes mon cercle et nous sommes le tien.

À vous trois, ma source inépuisable d'inspiration.
Je vous aime tant !

Armelle.

À celles et ceux qui doutent, qui rêvent
et puis qui réalisent l'impossible.

Senyphine.

Quoi que tu rêves d'entreprendre, fais-le.
L'audace a du génie, du pouvoir, de la magie.

Goethe.

CHAPITRE I

L'EXIL

— M'en fous, j'irai pas !
— Mais, ma puce, on en a déjà discuté…
— Et arrête de m'appeler « ma puce » ! J'ai l'air d'un guignol devant mes potes !

Même s'il savait qu'il était injuste, Antoine claqua la porte de sa chambre et s'affala sur son lit. Partir tout un été ! Chez un grand-oncle et une grand-tante qu'il voyait trois fois par an ! Bon, OK, ils avaient l'air plutôt cool, mais pour un repas de famille, pas pour deux mois…

En plus, son frère et sa sœur seraient de l'exil ; la galère était complète !

Antoine s'attendait à ce que sa mère le suive dans sa chambre, mais elle ne le fit pas cette fois. À quoi bon ? Même si le garçon résistait, il savait que la décision était prise, et répéter cette discussion ne changerait plus grand-chose… Et puis sa mère était désormais tellement fatiguée qu'elle évitait de monter les escaliers inutilement.

Alors, Antoine s'efforça de réfléchir à la situation catastrophique dans laquelle il se sentait englué. Il était jusque-là heureux, insouciant et se savait confusément chanceux. Il venait d'entrer en Troisième et n'avait jamais eu besoin de beaucoup travailler pour avoir des notes correctes. Les cours se suivaient et se ressemblaient ; certains ennuyeux à mourir et d'autres plus intéressants. Seul le cours de littérature le passionnait, mais Antoine faisait bien attention de ne pas trop le montrer, sa réputation d'élève normal étant à conserver !

Jacques, son père, était capitaine de navire SNSM*. Il travaillait beaucoup mais était toujours disponible quand il rentrait à la maison. Fort comme un chêne et honnête jusqu'au bout de sa barbe de trois jours, il ne se prenait pourtant pas au sérieux et provoquait souvent l'agacement de sa femme en déclenchant des fous rires familiaux aux moments les plus incongrus.

---

* SNSM : Société nationale des sauveteurs en mer.

Molène, sa mère, était libraire mais avait toujours organisé son temps pour s'occuper de sa famille. Grande brune aux yeux noirs et tendres, elle avait transmis sa passion des livres à ses enfants.

La famille Steredenn aimait aussi la voile et il ne se passait pas un week-end sans balades en mer dans leur quillard* de 30 pieds**, que Jacques passait son temps à retaper. Antoine adorait s'abandonner à ces sensations qu'il ne retrouvait qu'en mer : les yeux blessés par les reflets du soleil sur les vagues, les mains gelées, les cheveux s'emmêlant dans le vent. Mais surtout cette impression de planer qui le faisait fermer les yeux et serrer les dents avant le choc de la coque contre les vagues. Et puis, il y avait la mer. Cette mer froide, qui coupait le souffle lorsqu'on s'y aventurait, mais qu'Antoine adorait explorer : il retenait sa respiration et se laissait couler en ouvrant les yeux pour ne pas perdre une miette du spectacle sous-marin. Il pouvait d'ailleurs tenir en apnée si longtemps que, la première fois qu'il était resté sous l'eau, ses parents avaient paniqué, croyant qu'il se noyait… Jacques avait plongé pour le ramener par la peau du cou ! Persuadé de se faire passer le savon du siècle, Antoine avait baissé le nez et prit un air contrit, mais rien ne s'était passé. Relevant la tête, il vit un éclair

* Quillard : type de voilier.

** 30 pieds : 9 mètres environ.

de fierté briller dans les prunelles de sa mère, et celle-ci murmura à son mari :

— Il tient ça de moi !

Le mari en question avait l'air plus sceptique, mais peut-être était-ce son bain forcé qu'il l'avait mis de mauvaise humeur… En tout cas, l'incident n'avait pas eu de conséquences fâcheuses et Antoine avait pu continuer ses explorations. Molène avait réussi à convaincre Jacques de laisser leur fils retenir sa respiration, à condition de remonter à la surface de temps en temps…

Leurs parents s'adoraient, cela se voyait, même si Antoine n'aimait pas trop en parler et encore moins y penser.

Et puis, tout s'était détraqué. La maladie de sa mère s'était déclarée insidieusement mais implacablement pendant cette année scolaire. De plus en plus fatiguée, mangeant de moins en moins car ne gardant rien, elle s'affaiblissait petit à petit. Molène était devenue mélancolique, restant à regarder par la fenêtre des heures durant. Ses fils avaient essayé de trouver pendant des jours ce qui l'hypnotisait ainsi mais n'avaient pu discerner qu'une lointaine bande bleue : les reflets de la mer d'Iroise, coincée entre le pavillon voisin et le grand châtaignier du jardin. Leur mère, qui était si vivante et dynamique, devenait creuse et morose. Pire, elle semblait de plus en plus distante envers sa famille.

Jusqu'au jour où, ayant fait un malaise au travail,

Molène avait dû être hospitalisée. Les médecins étaient perplexes, Antoine avait entendu des mots terrifiants tels que « dépression » ou « *burn-out* » et il voyait bien que son père, qui essayait tant bien que mal de lui expliquer la situation, était en réalité presque aussi perdu que lui. À bout de solutions, les médecins avaient décidé de lui faire subir un traitement en alternant des séances à l'hôpital et du repos à la maison pendant l'été.

Voilà pourquoi la fratrie devait partir à l'autre bout de la Bretagne après qu'Antoine ait passé les épreuves du DNB*. Leur famille était toute petite, personne ne pouvait les garder hormis son grand-oncle Marcel et sa grand-tante Dani. Celle-ci était la sœur de sa grand-mère maternelle ; Antoine n'avait pas connu cette dernière et Molène n'en parlait jamais, pas plus qu'elle n'évoquait son père. Le garçon avait bien essayé de poser quelques questions, mais tout ce qu'il avait pu obtenir comme réponse était une vague allusion à un décès tragique de sa grand-mère et à la disparition précipitée de son grand-père. Molène avait donc été élevée par Marcel et Dani avant de s'éloigner pour ses études.

Quant aux grands-parents paternels, ils étaient décédés d'une maladie grave quand son petit frère Paul était bébé.

Molène leur avait expliqué une bonne quinzaine de fois qu'elle serait incapable de s'occuper d'eux. Jacques

* DNB : Diplôme national du Brevet.

devait travailler et veiller sur elle. Il ne s'agissait pas de les abandonner quelque part (ben tiens !) mais de permettre à leur mère de guérir et de commencer la nouvelle année scolaire plus sereinement. Seulement voilà, la pensée de se montrer raisonnable pour soulager sa mère et son père se heurtait à la vision d'horreur du châtiment imposé : enterré loin de ses potes (et de ses parents…) pendant un été dans la forêt bretonne, avec des quasi-inconnus ! Ils auraient au moins pu habiter au bord de la mer !

En plus, il allait devoir s'exiler avec Paul, le boulet de service, et sa mini-sœur Anna, spécialiste des caprices surdimensionnés ! Décidément, il n'y arrivait pas…

Son frère allait bientôt avoir 8 ans et Antoine avait souvent l'impression que des années-lumière les séparaient, surtout depuis son entrée au collège. Toujours accroché à ses Converse®, le petit garçon réclamait sans cesse « de jouer avec toi ! » et se mettait à pleurer dès qu'Antoine refusait. Cela pouvait leur arriver de bien rigoler (Paul était un public plutôt facile en termes de blagues bêtes…) et même de s'amuser comme des fous à s'imaginer des batailles géantes et des stratégies guerrières dans des mondes peuplés de trolls, d'orques et de chevaliers Jedi. Mais la plupart du temps, Antoine voyait comme une malédiction l'adoration sans bornes qu'il lisait dans les yeux de Paul. Pas moyen d'être tranquille cinq minutes et, en plus, obligation d'être un modèle en tant que grand frère ! Le garçon avait souvent l'impression que ses parents exigeaient de lui une perfection qu'il était bien loin d'atteindre; sans parler d'en avoir envie…

Quant à Anna, elle était certes toute mignonne du haut de ses 6 ans, mais cachait un tempérament de cochon, et encore, de cochon enragé! La fillette menait ses frères à la baguette avant de savoir marcher et entendait bien rester le chef de la tribu. Alors, lorsque l'un d'eux s'avisait de la contrarier, le volume sonore de la maison bondissait d'un seul coup et chacun en prenait pour son grade! Seulement, lorsqu'elle était plus calme, personne d'autre qu'elle ne faisait mieux les câlins avec ses bouclettes qui venaient vous chatouiller les joues…

Un doux ronronnement se fit entendre et une jolie chatte noire sauta sur le lit du garçon. Fixant Antoine de ses yeux émeraude, elle semblait vouloir lui délivrer un message mystérieux. Ils avaient grandi ensemble et Joséphine avait été pendant longtemps la meilleure confidente du garçon.

— Viens, ma Jojo, et essaie de ne pas mettre trop de poils sur mon lit, sinon maman va encore râler! Ou pas…

Antoine laissa son regard dériver au fil de ses pensées. Sa chambre aussi allait lui manquer: elle n'était pas très grande, ayant juste de la place pour son lit, un bureau, son armoire et une étagère pleine de livres. Mais elle était chaleureuse, à l'image de la maison avec ses murs en bois. Sur les meubles étaient entassés des personnages en Lego, des souvenirs de vacances, un puzzle 3D du château de Poudlard (trop stylé pour un exil ! Si seulement il pouvait réellement exister…) et des livres partout. Ici, pas de posters de foot, Antoine le revendiquait : il détestait cela ! Tous ces grands mecs en short avec leurs coupes de cheveux débiles le laissaient profondément indifférent. Ça, plus le fait qu'il était incapable de tirer dans un ballon sans casser une vitre ou assommer quelqu'un… Il faisait plutôt collection de cartes détaillées du monde de Harry Potter : le Chemin de Traverse, le recensement des sorciers à travers les pays… Les mondes fantastiques le fascinaient tellement qu'il avait tendance à s'y enfermer en dévorant ses bouquins, surtout en ce moment. Antoine s'enfonça encore un peu dans sa couette et continua à rêver : peut-être que s'il promettait à son père de l'aider à soigner sa mère, il pourrait rester à la maison et…

— Antoine, tu viens jouer avec moi ?

— Nan, Paul, je révise. J'te rappelle que j'ai un exam' bientôt.

— C'est même pas vrai, et tu lis même pas !

— Lâche-moi et dégage de ma chambre !

— Mamaaaaaaaannnn ! Antoine, il a dit « dégage » et il veut même pas jouer avec moi !

Décidément, l'été allait être très long…

CHAPITRE II

LA MAISON DE PIERRE

Une semaine plus tard, la vieille voiture bringuebalante de Dani entrait dans la cour de la maison familiale. Après quelques nuits presque blanches et une bonne dose d'énervement, Antoine avait capitulé : il passerait l'été chez son grand-oncle et veillerait sur son frère et sa sœur. Les épreuves du DNB étaient passées et plus rien ne s'opposait à leur départ. Molène ayant un rendez-vous médical ce jour-là, Dani était donc venue les chercher dans son automobile antique et poussive. Antoine se surprit à être soulagé que leur départ se fasse discret : si les potes du collège l'avaient vu monter dans cette guimbarde, il en aurait entendu parler jusqu'à la Fac !

Pendant le trajet (des arbres, des arbres et encore des arbres…), Antoine essaya de mettre de l'ordre dans ses pensées tout en écoutant le monologue de sa petite sœur. Ce n'est qu'en voyant les yeux brillants de fatigue de sa mère qu'il avait décidé de penser un peu à autre chose qu'à lui-même et avait décrété en son for intérieur qu'il ferait des efforts ; ou du moins, essaierait ! Car en scrutant les alentours de la maison en pierre qui lui faisait désormais face, le garçon fut pris d'un frisson : le jardin entourant la bâtisse était assombri par les arbres du bois tout proche et paraissait peuplé d'ombres inquiétantes. Il lui semblait même qu'une immense silhouette recouverte de fourrure se rapprochait du cellier attenant à la cuisine. « Ça y est, j'ai l'imagination qui se déglingue encore ! Il aurait fallu que maman me fabrique avec un bouton *off*, ça me ferait des vacances… » ironisa-t-il pour se donner du courage. Antoine jeta néanmoins un dernier coup d'œil avant de franchir la porte que Dani tenait ouverte en souriant, mais l'ombre avait disparu, filante et glissante comme un songe.

Juste après avoir compris que c'était la première fois qu'il venait dans cette maison (et dans cette partie du monde…), Antoine fut subjugué par l'originalité de l'intérieur.

— Wouah ! Trop stylé !

— Ouais, trop stylé !

— Paul, arrête de répéter…

Mais pour une fois, Antoine ne s'agaça pas de la tendance perroquet de son frère. Le salon était blanchi à la chaux, les murs arrondis se creusaient pour accueillir des banquettes ornées de coussins multicolores. Au fond de la pièce, en face de la porte d'entrée, un petit escalier avec une rampe en forme de branches entrelacées menait à un palier entouré de trois jolies portes rouges. À mi-chemin de l'escalier, une petite porte couleur bois, taillée semble-t-il pour un enfant, se dessinait. Antoine fut aussitôt attiré par la cheminée qui tenait une place centrale entre le salon et la salle à manger. Imposante, gris acier, elle avait aussi une forme arrondie. Son pied fin, semblable à celui d'un champignon, s'évasait largement pour porter l'âtre qui rougeoyait derrière une vitre. Au-dessus, le large ovale s'amincissait rapidement pour former un cylindre qui tournoyait et s'enroulait autour d'un poteau blanc sur lequel la cheminée s'appuyait.

Paul, lui aussi intrigué par la forme originale du poêle, s'écria :

— On dirait un champignon avec un chapeau de lutin !

Dani éclata de rire :

— Tu ne crois pas si bien dire, mon petit oursin…

Antoine ouvrit la bouche pour se moquer de ce

surnom un tant soit peu ridicule lorsqu'un regard de Dani l'arrêta. Ses yeux noirs et vifs semblèrent lui indiquer qu'il ferait mieux de s'abstenir de rire de son frère à l'avenir et de tenir sa langue s'il ne voulait pas avoir des petits soucis… Le garçon resta bouche bée et tenta de déchiffrer ce qui venait de se passer. Il lui avait réellement semblé entendre la voix de sa tante dans sa tête, aussi clairement que si elle le lui avait crié ! Antoine lui jeta un coup d'œil, mais Dani avait pris la main d'Anna et s'apprêtait à monter les escaliers :

— Tu viens voir ta chambre, mon hippocampe ? À moins que tu ne préfères rester à gober les mouches…

Les chambres étaient aussi extraordinaires que les pièces à vivre. Celle d'Anna était petite et coquette, avec ses tentures de gaze autour du lit et ses guirlandes de lumière. La petite sauta sur place de contentement quand elle vit ses jeux déjà installés dans un coin de la pièce. Soudain sérieuse comme une reine, elle leur ferma la porte au nez pour mieux découvrir son nouveau royaume.

La chambre de Paul ressemblait à une cabane dans les arbres. D'ailleurs, quand il s'approcha, Antoine remarqua à sa stupéfaction que le lit en hauteur était soutenu par un… vénérable chêne qui poussait par-delà le toit !

— Regarde, Antoine ! J'ai une vraie cabane pour moi tout seul ! Mais, Dani… S'il pleut, je vais recevoir des gouttes, moi aussi ?

— Non, mon oursin, les feuilles de notre arbre sont si denses qu'elles protègent toute la maison. Tu ne vois dans ta chambre que le tronc et quelques petites branches. Je te montrerai le chêne demain matin et tu verras qu'il est capable de protéger notre famille entière!

« S'il pouvait protéger maman aussi… » pensa Antoine en soupirant. Dani darda sur lui ses yeux francs et, comme si elle avait lu dans ses pensées, l'entraîna dans sa chambre. Son bras chaud et doux autour de ses épaules desserra le poing de glace qu'il avait sur l'estomac. Dani lui murmura:

— Tu verras, je suis sûre que ta chambre te plaira aussi…

Comment ne pouvait-elle pas lui plaire! La pièce était entièrement circulaire, ornée d'une seule fenêtre ronde. Elle était pourtant très lumineuse grâce à des appliques dissimulées dans les murs, hormis le plafond qui était entièrement plongé dans l'ombre. Le lit était installé dans une alcôve et une grande partie des murs était formée de niches abritant des vêtements, des personnages Lego et même une maquette inachevée du Chemin de Traverse!

— Mais… Comment vous avez su? C'est trop!

— Nous avons eu des informateurs très soucieux de votre bien-être pour cet été, mon hippocampe…

— Papa et maman… j'le crois pas! C'est génial!

— Et ce n'est pas tout!

Avec un geste théâtral, Dani alluma un interrupteur

et, pour la première fois, Antoine se dit que cet exil pourrait se révéler supportable. Une ouverture circulaire dans le plafond laissait apercevoir une bibliothèque remplie de livres. Du sol au plafond, la petite cache révélait des ouvrages avec des couvertures usées (dont Antoine était persuadé qu'ils venaient tout droit de son ancienne chambre), des magazines, et même un ordinateur… Incapable de dire un mot, Antoine grimpa sur l'échelle menant à la bibliothèque puis, tournant sur lui-même, regarda sa tante avec des yeux brillants. La petite femme ronde lui adressa un clin d'œil et le laissa seul avec ses trésors.

Quand Dani les appela pour le dîner, Antoine renoua brutalement avec la réalité en levant le nez de quelques trouvailles « livresques », et le poing de glace reprit sa place sur son estomac. Ce n'est qu'en descendant vers la salle à manger qu'il s'aperçut qu'il n'avait pas encore rencontré Marcel.

Son grand-oncle était là, assis dans une des banquettes du salon qu'il remplissait de sa carrure de bûcheron. Nichés contre lui comme une couvée de moineaux près d'un ours bienveillant, Paul et Anna écoutaient une histoire que racontait l'homme avec des gestes expressifs de ses mains de géant. Quand il vit s'approcher son plus grand moineau, Marcel lui sourit et interrompit son histoire :

— Tiens, voilà notre rêveur ! Tu sais que tu as les yeux en capote de fiacre à force de lire tous ces livres ! Prêt à engloutir le festin de ta tante ? Peux-tu aller l'aider à mettre la table ?

En pénétrant dans la cuisine, Antoine réprima un sourire : la décoration était aussi fantasque et digne des contes de fées que le reste de la bâtisse de pierre. Entourant deux fenêtres rondes, les nombreuses niches dans le mur abritaient cette fois une multitude de pots renfermant des ingrédients mystérieux. Racines, herbes non identifiées… Mais en reniflant l'odeur prometteuse qui s'échappait des casseroles, le garçon se dit que les herbes non identifiées avaient peut-être du bon !

Le repas fut à la hauteur des effluves de cuisson et la fratrie avait mangé comme un troll affamé. Les enfants ne furent pas mécontents de se plonger sous les couvertures de leur nouveau lit et les deux petits s'endormirent dès que leur tête se posa sur l'oreiller. Antoine était épuisé par cette journée mais n'arriva pourtant pas à fermer les yeux : trop d'émotions se succédaient dans sa tête, à tel point qu'il regretta à nouveau de ne pas avoir son fameux bouton *off*…

Il se remémora alors une scène à laquelle il avait évité de penser. Avant de partir de chez eux, son père l'avait pris à part et Antoine, s'attendant à une nouvelle leçon de morale, voulut anticiper son discours :

— Je sais papa, je dois être sage, écouter, m'occuper de Paul et Anna, c'est bon, j'ai compris…

Avant qu'il n'ait fini sa phrase, son père le prit dans ses bras et serra son fils comme il l'avait rarement fait.

— Antoine, je suis fier de toi. Je comprends que ce soit terrible pour toi de t'éloigner de ta mère, surtout dans ces circonstances, mais je sais que tu peux y arriver. On ne te demande pas de t'occuper de ton frère et de ta sœur, Marcel et Dani sont là pour ça, mais simplement de veiller sur eux. On viendra vous voir tous les week-ends, je te le promets. Je… je t'aime, mon fils.

Bouleversé par ce souvenir, Antoine laissa glisser quelques larmes avant de s'essuyer frénétiquement le visage : « Allez pépère, t'es plus un bébé ! Papa a raison (OK, comme d'hab'…), tu vas y arriver ! »

Au milieu de la nuit, Antoine se réveilla en sursaut. Il s'était finalement endormi la lumière allumée, ses lunettes sur le bout du nez et un livre ouvert à portée de main. Le vent s'était levé, violent et soufflant en bourrasques, et la pluie qui l'accompagnait semblait gagner en vigueur de minute en minute. « Bizarre, je croyais que la météo était plutôt correcte cette semaine… »

Après s'être recouché, il perçut le trottinement des pas de son petit frère qui se glissait dans sa chambre. Hésitant, Paul s'approchait du lit d'Antoine. Celui-ci souleva la couverture et lui fit une place en soupirant. Après tout, il avait bien besoin d'un peu de réconfort, lui aussi…

CHAPITRE III

SOUPÇONS

— Allez, debout les marmottes !

— Hier, j'étais un oursin, et aujourd'hui une marmotte… Tu crois que c'est mieux, Antoine ?

— Te plains pas. Moi, j'étais un hippocampe… Il ne manquerait plus qu'Anna soit une étoile de mer et l'aquarium sera au complet !

En baillant, les deux frères s'extrayaient du lit d'Antoine quand celui-ci, jetant un regard par la fenêtre, retint une exclamation :

— Tu as vu ça ? C'est dingue ! Il a plu comme si c'était la fin du monde cette nuit, et l'herbe est déjà sèche !

— Peut-être qu'il fait super chaud. On va pouvoir aller jouer dehors !

Après le petit-déjeuner, quand il fut temps de sortir dans le jardin, les deux frères entendirent leur tante susurrer à Anna :

— Viens, mon étoile de mer, on va prendre le soleil.

En regardant son grand frère du coin de l'œil, Paul se mordit les lèvres puis, n'y tenant plus, éclata de rire. Cette musique sembla faire entrer le soleil dans la maison de pierre et Antoine, se joignant à son fou rire, sentit le poing de glace de son estomac se dénouer un peu. Sous les yeux interloqués de leur tante, les deux frères filèrent dehors. Dani se ressaisit néanmoins très vite et suivit la cavalcade dans la cour.

Sombre et un peu angoissant à la nuit tombée, le jardin se révélait à la lumière. Derrière la bâtisse formant un L, l'herbe soigneusement tondue accueillait en son centre un magnifique camélia avec un tronc épais et noueux. À cette époque de l'année, ses fleurs roses commençaient à se chiffonner sous la chaleur, mais l'arbre était tout de même splendide. Antoine, qui savait l'intérêt de sa mère pour les plantes, cueillit pensivement un pétale et l'enfouit dans la poche de son blouson. La prairie continuait en pente douce vers un tout petit ruisseau enfoui sous des herbes folles. Au-delà, l'orée du bois

était toute proche. Antoine leva les yeux en se rappelant la cabane de la chambre de Paul et le vit : le chêne était planté au beau milieu de la maison. Ou plutôt, il était clair que la maison avait été construite autour de l'arbre majestueux qui trônait et étendait ses branches plus loin que le toit. Mais, s'il était visible au premier étage, où se situait-il au rez-de-chaussée ? En se remémorant la topographie de la maison, Antoine se rendit compte que le chêne était implanté derrière la petite porte marron du palier ! Encore une pièce à explorer…

En longeant la maison, les enfants se heurtèrent à un tout petit escalier en ardoise qui était creusé dans un talus séparant le jardin et la terrasse du potager. Le talus était très ancien et très large, recouvert de mousse et d'arbres dont les racines étaient apparentes. Paul, interrompant son exploration, caressa l'une d'elles et se retourna vers sa tante :

— Ils sont super vieux, les arbres, hein, Dani ?

— Oui, c'est vrai. Peux-tu me dire comment tu le sais ?

— J'en sais rien… J'ai l'impression que, parfois, les arbres me disent des choses… Ça chatouille ma main quand je les touche. Mais pas tous, juste ceux-là, les vieux ! dit le petit garçon en montrant le chêne dont il touchait la racine. Papa me dit que c'est pas possible et maman dit que je suis très sensible ! Qu'est-ce que t'en penses, toi ?

Habitué aux élucubrations de son petit frère au sujet de ses prétendues conversations avec les arbres, Antoine grimpa l'escalier sans attendre la réponse de Dani et trouva son oncle en train de biner le potager. Celui-ci était divisé en carrés de même superficie par des plaques épaisses d'ardoise. Entre les carrés, suffisamment de place pour travailler et circuler. Mais ce qui fascina le plus Antoine furent les petits écriteaux plantés au pied de chaque plante. Les noms dansèrent devant ses yeux : valériane, millepertuis, passiflore dans un carré ; angélique, chicorée, verveine dans un autre ; thym, mauve, bouillon-blanc dans un troisième… Intrigué, Antoine découvrait sur chaque carré des noms inconnus correspondant à des plantes ou à des herbes elles aussi inconnues. Longues et fines, dentelées, de couleur et d'odeurs différentes, les tiges et les feuilles se croisaient sans jamais se confondre, dans un désordre qui n'était qu'apparent. Son oncle, qui le regardait par-dessus ses lunettes depuis quelques minutes, lui demanda en souriant :

— Laquelle préfères-tu ?

Antoine se prêta au jeu et se promena entre les carrés d'ardoise en observant les plantes et en les caressant du bout des doigts. L'air était doux, les odeurs entêtantes et le garçon ferma les yeux un instant en respirant les parfums. Un sourire narquois apparut sur son visage : quel calme ! Et dire que chez ses parents il lui fallait toujours son MP3 dans les oreilles ou un écran sous le nez… Cela ne lui manquait même pas en cet instant. Puis, ses yeux se posèrent sur une fleur rouge :

— Celle-là, le coquelicot !

— Hmm… C'est ta préférée ou la préférée de quelqu'un à qui tu penses beaucoup en ce moment ?

— Je…

Antoine baissa les yeux, honteux d'être aussi transparent devant son oncle.

— Je suis sûr que ce serait la préférée de maman…

Marcel s'approcha du garçon et, doucement, lui enserra le visage dans ses mains de géant :

— Intéressant… Le coquelicot a des vertus apaisantes et permet de retrouver le sommeil. Antoine, n'aie jamais honte de penser à quelqu'un d'autre qu'à toi-même et de vouloir le protéger. Il s'agit juste de ne pas confondre « penser à quelqu'un » et « penser pour quelqu'un ». D'accord ?

Antoine opina du chef, laissé libre par la poigne de Marcel, sans avoir tout à fait compris son message. Si le vieil homme se mettait en tête de lui faire des cours de philo' pendant l'été, mieux valait ne pas trop s'aventurer près du potager désormais !

Le garçon s'éloigna vers le bois. Ce jardin était comme la maison de pierre : il possédait une empreinte, une identité très forte qui le fascinait. Depuis son arrivée, Antoine avait l'impression d'être passé dans un autre monde. Tout était tellement nouveau et extraordinaire ! Leurs chambres, la décoration, le chêne vénérable autour duquel était construite la maison… Soudain, un mouvement vif fit frissonner les feuilles des fougères toutes proches et une ombre minuscule fila sur la mousse. Antoine se rendit compte en sursautant qu'il avait marché plus loin qu'il ne l'aurait cru. Ayant encore le souvenir de l'ombre entrevue la veille, il jugea plus prudent de faire demi-tour, quitte à affronter les questions bien trop pertinentes de son oncle… Entre deux choix, l'important était de reconnaître le moins dangereux !

Les journées passèrent et une routine rassurante s'instaura assez rapidement. Antoine reçut les résultats de son DNB et soupira de soulagement quand il découvrit qu'il avait été reçu aux épreuves et pouvait passer au lycée : un souci de moins… Ses parents n'avaient pas pu se déplacer pour venir voir leurs enfants le premier week-end mais, heureusement, Paul et Anna ne semblaient pas trop souffrir de la séparation. Chaque matin, Dani s'occupait des deux petits en les divertissant de mille et une manières, ce qui soulageait Antoine et lui permit de passer autant de temps qu'il le souhaitait dans sa cache aux trésors. Les livres entreposés lui réservaient chaque jour des surprises et ne cessaient de le fasciner. Ses thèmes de prédilection y étaient rassemblés : récits historiques, légendes celtes, mondes fantastiques… Les volumes étaient innombrables et le garçon avait l'impression que sa bibliothèque se renouvelait chaque matin pour satisfaire sa curiosité. Intrigué, il plaça un soir un volume terminé à un endroit précis (troisième colonne de la deuxième étagère, sixième place!) mais, le retrouvant intact et à la même place le lendemain matin, oublia ses doutes et se plongea à nouveau dans un énorme bestiaire fantastique.

La bibliothèque l'attirait toujours plus et faisait naître une urgence d'apprendre, qui parfois l'effrayait. Ce puits sans fond de connaissance était tel qu'il donnait parfois au garçon l'impression de vouloir l'engloutir. Il n'aurait jamais assez de toute une vie pour parcourir ces documents! Alors, un été…

Régulièrement, le garçon s'arrachait de sa chambre et dévalait l'escalier pour s'arrêter sur le palier et vérifier que la petite porte marron était toujours close. C'était la seule porte fermée de la maison de pierre, et Antoine était bien décidé à savoir ce qu'il y avait derrière!

Marcel était plus distant avec les enfants, mais lorsqu'il sortait de sa réserve, il se révélait être un merveilleux conteur. Même Antoine se laissait prendre par ses récits fantastiques. Les légendes étaient peuplées de créatures mythologiques aux noms pleins de promesses: korrigans, arragoussets et autres farfadets… Jusqu'au jour où, ayant conté l'histoire d'un homme ensorcelé par une cruelle Baobhan Sith, Marcel s'attira les foudres de Dani, accourue après avoir entendu les gémissements d'Anna.

— Espèce de vieil ours mal léché ! Pourrais-tu brider un peu ton imagination et t'adapter à ton public ?

— J'aurais peut-être dû attendre quelques années pour conter celle-ci…

Quand Dani haussait la voix, Marcel semblait se rider comme un vieux champignon et sa carrure de géant se dégonflait de moitié…

Dès lors, le vieil homme ne se cantonna plus qu'à des histoires certes fascinantes, mais bien moins effrayantes. Au grand dam d'Antoine qui, ravi qu'un autre que lui se laisse autant emporter par son imagination, s'estimait assez vieux pour tout entendre !

Marcel avait aussi une culture encyclopédique et mettait un point d'honneur à questionner son petit-neveu sur ses lectures matinales. Et quand Antoine lui demanda s'il avait lu tout le contenu de sa cache aux trésors, Marcel, tournant vers lui sa barbe rousse et blanche, lui répondit malicieusement qu'en tant que doyen de la famille, il se devait d'éduquer les plus jeunes ! Le garçon en déduisit à sa grande admiration que la réponse était oui.

Les après-midi, le conteur disparaissait toujours quelques heures. Malgré sa vigilance, Antoine ne le voyait jamais partir et, pressée de questions, Dani finit par lui répondre que son mari donnait des leçons à d'autres. « D'autres qui ? » Sa grand-tante se contenta de son sourire désarmant et fila à la cuisine terminer ses confitures de fraises. Le garçon était frustré (et un peu jaloux !), mais sa fierté l'empêcha d'insister. Après tout, son oncle était un instituteur en retraite : quoi de plus normal pour un passionné comme lui de continuer à enseigner ? Paul et Anna entrant en courant dans la maison, il n'y pensa plus.

Contrairement à leur grand frère qui ressentait l'absence de ses parents et la maladie de sa mère comme une morsure, Paul et Anna semblaient sereins et joyeux. Ils laissaient passer les jours sans réclamer leurs parents. Cela soulageait Antoine, mais il commençait tout de même à se poser des questions. Et si les petits oubliaient d'où ils venaient ? Pouvait-on aussi rapidement reléguer des parents au titre de lointain souvenir ? Alors, Antoine décida de leur en parler chaque soir. Une photo, les surnoms affectueux de leur mère, et les blagues de leur père… Paul et Anna l'écoutaient calmement, posément, sans sourires ni pleurs. Si sérieusement qu'au bout de quelques jours, le garçon, hésitant entre hurler et les secouer, ne put que leur jeter :

— Mais, qu'est-ce qu'on vous a fait ? Vous vous rappelez quand même qu'on est là parce que maman est malade ! Elle est malade et vous me regardez comme si… comme si vous ne la connaissiez plus ! Ils sont pas là, mais ils existent encore, faut pas les oublier !

Attiré par les éclats de voix et les pleurs d'Anna effrayée par la rage de son grand frère, Marcel déboucha de l'escalier et prit Antoine par le bras :

— Je crois que tu es fatigué et bouleversé. Ils ne réagissent pas comme toi car ils sont petits et…

— Mais, Paul a 8 ans, c'est plus un bébé ! Et c'est pas parce qu'on a 6 ans qu'on oublie ses parents, tu vas pas me faire croire ça !

— Non, je ne te le ferais pas croire. Ils mettent simplement ce problème à distance parce que c'est plus facile à gérer pour eux.

— Ma mère, un problème ? Ah ben, de mieux en mieux !

— Ce n'est pas ce que je voulais dire et tu le sais. Le… Antoine !

Le garçon s'était dégagé de la poigne de Marcel et se précipitait dans sa chambre. Son oncle voulut le suivre, mais Dani lui murmura :

— Laisse-le. Il a besoin de se calmer et il comprendra bien assez tôt. À ce moment-là, il aura d'autres choses auxquelles penser. Pauvre hippocampe…

Avec un regard lourd de sous-entendus, Dani enjoignit à son mari de l'aider à consoler les deux enfants et à les mettre au lit.

Le lendemain matin, Antoine se réveilla avec un goût de fer dans la bouche : il s'était mordu les joues jusqu'au sang. En se retournant, il s'aperçut que son petit frère l'avait à nouveau rejoint dans son lit et ouvrait les yeux.

— T'es plus fâché ?

— Je suis désolé, mon Paulo, c'était pas contre toi, c'est juste qu'il y a des trucs que je trouve bizarres dans cette maison et… Laisse tomber. Je ne sais pas comment expliquer ça.

Paul rassuré, se serra contre son frère :

— Moi, je l'aime bien, cette maison. Et Dani, elle fait trop bien la cuisine ! D'ailleurs, j'irais bien manger !

— Toi et ton ventre…

Paul dévala l'escalier pour s'asseoir à côté de sa sœur qui était déjà levée. Antoine, qui avait suivi son frère en traînant, car il était peu désireux de croiser son oncle et sa tante, se figea soudain sur le palier. Dani, avec des gestes gracieux et discrets qui passèrent complètement inaperçus aux yeux des autres, versa dans le chocolat chaud du petit garçon un liquide brunâtre et fumant. Antoine avait une vue imprenable de son perchoir et il bondit près de sa tante.

— Qu'est-ce que tu as mis dans le chocolat de Paul ?

— Bonjour, mon hippocampe !

— Arrête de m'appeler comme ça ! Est-ce que j'ai une tête à couver mes œufs ?

— Ne t'en déplaise… un peu, quand même.

Antoine ne savait plus s'il devait rire ou se mettre en colère. Arrivé depuis presque deux semaines, il avait déjà maintes fois eu l'impression que sa tante prenait un plaisir fou à le désarçonner. Et dès qu'il regardait ses yeux vifs et son sourire sarcastique, ses réticences tombaient et il oubliait sa méfiance.

Néanmoins, était-ce sa colère de la veille ? Sa résolution resta cette fois intacte et, bien décidé à trouver les réponses à ses (nombreuses !) questions, le garçon prit le parti de patienter et d'attendre son heure. Il ne souhaitait pas faire à nouveau pleurer sa petite sœur et les questions de Paul l'avaient plus ému qu'il ne voulait se l'avouer. Persuadé que la ruse et la discrétion seraient bien plus efficaces que son éclat d'hier, Antoine s'assit à la table du petit-déjeuner sans insister et commença à manger. Sa grand-tante, sans doute rassurée par la soudaine maturité de son petit-neveu, retourna à ses occupations.

Lorsqu'il vit Paul avaler son chocolat avec délice, Antoine ne put s'empêcher de frissonner. Mais que pouvait-il y faire pour l'instant ? Son petit frère ne semblait pas souffrir et le garçon était persuadé que ce n'était pas la première fois que Dani versait son poison dans la nourriture des enfants. Et Anna ? Elle devait être contaminée aussi ! Ce devait être une des nombreuses herbes rabougries qu'Antoine avait aperçues dans les pots de la cuisine. Alors, pourquoi ? Pour les garder, bien sûr ! Ces maudites herbes faisaient partie du plan machiavélique de ces deux vieilles toupies pour manipuler les petits et les forcer à rester dans la maison de pierre ! Lui était déjà trop vieux et plus assez naïf pour les intéresser... Désormais cramoisi, Antoine se força à brider son imagination, mais les petits incidents étranges et les dons non-moins étranges de Marcel et Dani tourbillonnaient dans sa tête.

La matinée se traîna laborieusement. Réfugié dans sa chambre, Antoine ne parvint pas à se plonger dans ses livres. Le garçon, après avoir lu trois fois la même phrase sans en comprendre le sens, referma son ouvrage d'un coup sec et descendit l'échelle de sa cache aux trésors. Il avait décidé d'aller affronter sa tante avant de perdre courage. Mais, parvenu dans le salon, il eut la détestable surprise de trouver un mot griffonné à la hâte et posé sur un coussin rouge : « *Nous sommes partis faire quelques courses au marché. À tout à l'heure !* »

« Oh les traîtres ! Même pas l'honnêteté de me le dire en face ! » Déçu d'avoir rassemblé son courage pour un courant d'air et encore plus énervé, Antoine envoya le coussin rouge à l'autre bout de la pièce d'un coup de pied... Pied qui cueillit au passage l'arête de la corniche, bien plus solide que son orteil !

— AAAAAiiiiiieeeeeuuuuuuhhhhh ! Bordel de bordel de tonnerre de Brest !

Sautillant sur un pied et se tenant l'autre pied dans les mains, Antoine alla s'effondrer sur son lit. Ayant bien pris soin de vérifier qu'il n'y avait rien de solide dans les parages, le garçon laboura son oreiller de coups de poing rageurs. Enfin, épuisé et un peu plus calme, il s'approcha de la fenêtre en clopinant, l'ouvrit et s'assit sur le rebord. Il laissa son regard errer sur le jardin envoûtant dont les troncs des chênes environnants ressemblaient tout à coup aux barreaux d'une prison. Le garçon, échaudé par les ombres qu'il avait cru apercevoir par deux fois, n'osait pas s'y aventurer seul. Le paysage paraissait bien inoffensif, pourtant ! Les flaques de lumière du soleil embellissaient la terrasse en ardoise, la brise faisait ondoyer les rares fleurs du camélia et le chant des oiseaux, harmonieux et apaisant, acheva de calmer Antoine.

Il s'adossa au vieux volet en massant son pied endolori et soupira. Décidément, cet exil ne se passait pas du tout comme il l'avait prévu ! Lui qui était persuadé de venir s'enterrer dans un trou perdu, il y avait finalement trouvé un peu trop d'animation à son goût... Des ombres, une tante omnisciente, un oncle plus proche de l'ours que de l'homme, une maison qui semblait avoir une vie à elle seule, des potions bizarres et ensorcelantes : quel bazar ! Mais surtout, un sentiment de danger prégnant ne cessait de parasiter les pensées du garçon. Depuis qu'il avait surpris Dani en train de verser ce liquide non identifié dans le chocolat de son frère, Antoine avait acquis la certitude que quelque chose se tramait. Même les oiseaux semblaient se mettre au diapason ! Leur chant était devenu plus profond, presque discordant. Et voilà que certains passaient et repassaient de plus en plus près de sa fenêtre, si près qu'Antoine avait presque l'impression qu'ils s'adressaient à lui. Peu désireux d'entrer en collision avec l'un d'eux, il se leva prudemment et s'éloigna. Le bruit était désormais assourdissant ; le garçon s'apprêtait à refermer la fenêtre lorsqu'un oiseau au plumage noir et au bec orange se posa sur le rebord. Saisi, Antoine n'osa plus bouger. Puis, le volatile, penchant sa tête ronde, lui murmura :

— Attention !

CHAPITRE IV

LE MAL DES OTARELLES

Complètement paniqué, Antoine recula brusquement… et tomba de son lit, enroulé dans sa couverture !

« Mais quel imbécile ! grogna-t-il, autant pour se rassurer que pour entendre le son de sa voix. Si je commence à faire des rêves aussi bizarres que cette baraque, je vais tourner dingue ! » En soupirant, il reposa sa tête (doucement, cette fois) sur le parquet blond. « Je crois que c'est officiel, c'est pas ma journée ! Bon… voyons un peu cette fenêtre… »

Il s'approcha à nouveau de l'ouverture et en repoussa prudemment la vitre ; pas d'oiseau qui parle, pas de chants discordants. Seule la température paraissait avoir chuté de quelques degrés et, à la place de la brise douce de son rêve, un vent aigrelet le fit frissonner. Le garçon referma la fenêtre et… la sonnette de l'entrée retentit, le faisant sursauter. « Allons bon, quelle catastrophe va encore me tomber dessus ? »

Antoine descendit les escaliers à cloche-pied et clopina jusqu'à la porte qu'il ouvrit avec circonspection. Son père, un grand sourire aux lèvres, se trouvait en face de lui ! Le garçon, oubliant ses soucis et sa prétendue réserve d'adolescent, se jeta dans ses bras et s'y blottit comme quand il était petit.

— Papa ! J'y crois pas…

— Eh ben alors, mon grand ? lui répondit son père, tout ému par cette preuve d'affection, Tu ne sais plus quel jour on est ?

— Mais oui, on est samedi ! J'ai un peu perdu le compte des jours ici…

— C'est que tu dois y être bien. Tant mieux, je suis content.

— Hmm… Papa, à propos de ça…

Mais son père l'interrompit en désignant son orteil sanguinolent :

— Qu'est-ce qui t'est arrivé ? Tu es rentré dans un arbre ou quoi ?

— Non, j'ai shooté dans un coussin qui a résisté. Papa… Faut que je te dise un truc…

À cet instant, Antoine aperçut un mouvement dans la voiture de ses parents et oublia tous ses doutes. Il s'élança vers la portière qu'il ouvrit brusquement :

— Maman ! Mais, pourquoi t'es pas sortie ?…

Antoine se raidit, incapable d'ajouter un mot. Sa mère était si pâle qu'elle en paraissait transparente. Son attitude lointaine donnait l'illusion que son père avait transporté une statue de sel à son côté. Bouleversé, le garçon se tourna vers Jacques pour trouver un semblant d'explication, mais celui-ci ne put que grimacer un sourire désolé :

— Je sais, à moi aussi ça me fait cet effet-là…

Le poing de glace se déplia et prit possession de tout le corps d'Antoine. Oppressé, il ne savait plus comment respirer et se mit à haleter ; les larmes perlèrent à ses paupières. Voyant la détresse de son fils, Jacques empoigna sa femme par le bras et, la faisant sortir du véhicule, la poussa vers la maison de pierre et clama d'un ton faussement enjoué :

— Cette maison est bien calme ! Où est le reste de la famille ?

— Ils sont partis faire des courses… croassa Antoine qui les suivait.

— Mais au fait, mon grand, tu voulais me dire quelque chose tout à l'heure ?

— Oui, mais… J'ai oublié, ça ne devait pas être très important !

Il était hors de question de confier ses angoisses à son père qui avait déjà tant à faire avec sa mère.

Sa mère… Antoine s'efforça de la dévisager. Molène était désormais posée dans une des niches du salon et le garçon s'aperçut qu'elle avait encore maigri. Il s'approcha doucement et lui demanda :

— Maman, ça va ?

Entendant le son de sa voix, sa mère sembla sortir de son abattement et le regarda avec un sourire tremblé :

— Oh ma puce ! Je suis tellement contente de te voir !

Surplombant Molène qui était recroquevillée sur elle-même, Antoine se sentit soudain très grand, très mûr. Une certitude s'établit alors dans ses pensées : il prendrait soin et protégerait son frère et sa sœur quoi que Dani et Marcel aient en tête. Il était hors de question que sa mère souffre plus qu'en ce moment, tout amaigrie et faible qu'elle était. Le garçon prit doucement la main de Molène et lui sourit, une résolution nouvelle dans ses prunelles. « Ils veulent que je couve mes œufs ? Eh bien je vais les couver ! Et malheur à qui veut me les voler… »

Les petits entrèrent sur ces entrefaites, Dani et Marcel sur leurs talons. À la vue de leurs parents, ils poussèrent des exclamations de joie qui redonnèrent presque des couleurs sur les joues de leur mère. Anna se blottit dans les bras de Molène et Paul prit d'autorité la place sur les genoux de son père. Antoine, quant à lui, s'assit sur la première marche des escaliers. Il ne sut jamais ce qui le poussa à observer son oncle quand il put enfin saluer Molène, mais sa réaction le stupéfia. Lorsqu'il prit la jeune femme dans ses bras pour lui souhaiter la bienvenue, Marcel se figea et devint gris comme un balai poussiéreux. Néanmoins, ce qui étonna le plus Antoine fut que son oncle se détourna aussitôt vers Dani qui le regarda avec ironie en lui chuchotant :

— Je te l'avais bien dit !

Le garçon, bouche bée, résista à l'envie d'aller secouer sa tante pour savoir ce qu'elle cachait de l'état de santé de Molène, mais ne la quitta pas des yeux afin de la suivre dès qu'elle partirait seule vers la cuisine. Son courage était revenu pour affronter Dani et lui arracher la vérité. Car les réponses à ses questions concernaient désormais Paul et Anna, mais aussi la maladie de sa mère !

L'occasion se présenta quelques heures plus tard. L'après-midi avait été épuisant : Antoine avait dû répondre aux questions de son père concernant leur vie dans la maison de pierre en enjolivant la vérité et en faisant taire ses interrogations et sa colère. Un vrai comédien ! S'il ratait sa vocation d'enquêteur, il pourrait envisager celle d'acteur… Le garçon voyait bien que sa tante n'était pas dupe et la surprit plusieurs fois à le fixer de ses yeux pénétrants. Il chercha à éviter son regard bien trop clairvoyant et en regardant ailleurs, se rendit compte qu'un autre que lui était mal à l'aise et plongé dans ses pensées. Il se surprit à ricaner : « Eh ben ! Il est quand même sacrément moins fort que moi pour sauver les apparences ! »

Marcel avait en effet complètement changé d'attitude depuis qu'il avait salué Molène. Le vieil ours débonnaire avait laissé place à un homme renfermé et livide marmonnant dans sa barbe. À tel point que Dani dut lui donner quelques solides coups de coudes dans les côtes afin qu'il soit plus attentif à la conversation. Marcel fit visiblement un effort colossal pour sortir de sa torpeur et s'empressa autour de la mère d'Antoine, lui touchant le bras pour appuyer ses propos, la soutenant lorsqu'elle voulut se lever… « Allons bon ! Il donne l'impression de recevoir une décharge quand il lui dit bonjour et maintenant, il ne veut plus la lâcher ! Qu'est-ce que c'est encore que cette entourloupe ? » ronchonna le garçon pour lui seul. Il voulut intercepter un nouveau geste de son oncle envers Molène, mais l'occasion de parler à Dani se profila : sa tante se dirigeait vers la cuisine pour préparer le dîner.

Rassemblant son courage et bien décidé à ne pas perdre ses moyens devant Dani, Antoine lui emboîta le pas en prétextant vouloir l'aider. Pas dupe, sa tante se retourna vers lui. Ses yeux étaient graves et le cœur du garçon s'emballa : cette fois, il allait avoir des réponses…

Désireux de ne pas braquer la femme qui désormais lui faisait face, Antoine prit tout d'abord bien soin de fermer la porte de la cuisine derrière lui. Avec une grande inspiration, il lâcha tout à trac :

— Kesktamidanlchocola ?

Les fossettes de sa tante réapparurent comme par magie :

— Pardon, mon hippocampe ? Si tu veux avoir une explication avec moi, il va falloir que tu articules !

— OK. Je sais que ton passe-temps favori est de te moquer de moi, mais cette fois-ci, ça ne marchera pas. Qu'est-ce que tu as mis, ou plutôt, qu'est-ce que tu mets dans le chocolat de Paul et Anna ? Je te préviens, si c'est une manière de les manipuler avec tes herbes bizarres pour les garder ici, ça ne marchera pas ! Je ne suis pas complètement naïf et j'ai bien compris votre petit jeu !

Sans s'en rendre compte, Antoine avait haussé le ton et Dani lui posa une main apaisante sur l'épaule. À sa grande déception, le garçon eut l'impression de se dégonfler comme un ballon de baudruche et se calma aussitôt ! Décidément, les pouvoirs bizarres de sa tante allaient être sa deuxième question…

— Écoute, mon grand, je suis vraiment désolée de t'avoir fait peur avec cette potion. Je ne veux absolument pas enlever ton petit frère et ta petite sœur à tes parents, au contraire, je veux les protéger !

— Les protéger de quoi ? Je suis là, moi, pour les protéger ! OK, je suis moins costaud que Marcel, mais…

— Il ne s'agit pas de protection physique, et je sais pertinemment que tu seras un excellent Protecteur, crois-moi. Le sirop que je donne à Paul et Anna est à base des plantes du jardin de ton oncle. J'utilise du millepertuis, du safran et de la valériane, plus un autre ingrédient que je garde secret ! Ces plantes sont utilisées pour lutter contre le sentiment de déprime et, avec la séparation et la maladie de ta maman, j'ai pensé que les petits en avaient bien besoin… Je te promets que cette potion est tout à fait inoffensive et, si tu veux, nous la préparerons ensemble demain matin, comme cela, tu pourras être complètement rassuré. Tu es d'accord ?

Les yeux noirs de sa tante étaient si limpides et Antoine voulait tellement la croire, tellement se sentir en sécurité, tellement pouvoir compter sur quelqu'un…

Son oncle, qui s'était glissé dans la cuisine sans qu'Antoine ne le voie, lui ébouriffa ses cheveux blonds en chuchotant :

— Ta grand-tante est également trop modeste pour te dire qu'en plus de son travail d'infirmière, elle était une herboriste extrêmement douée. Elle a longtemps étudié et étudie toujours cet art qui lui permet de soulager, entre autres, Paul et Anna.

— Et moi ? Pourquoi je n'y ai pas droit ? Vous pensez que je n'en ai pas besoin ? Parce que dans le genre déprime, je suis plutôt doué en ce moment…

— Toi…

Dani jeta un œil à son mari, hésitante.

— Je sais qu'il y a des trucs bizarres qui se passent ici, coupa Antoine. Entre les histoires de Marcel, les ombres dans le jardin, les potions magiques anti-déprime, la bibliothèque qui renouvelle les livres toute seule, les oiseaux qui parlent, et Dani qui lit dans les pensées, j'ai la tête qui va exploser ! Et mon orteil aussi, d'ailleurs !

— Attends ! Tu as dit « les oiseaux qui parlent » ? se troubla Marcel.

— Ben oui. Mais c'était un rêve, donc pas de soucis.

— Il faut qu'on en parle, mais pas maintenant. Rejoins-moi devant la porte de mon bureau cette nuit, disons vers minuit. Je pense que tout le monde dormira, tes parents ont l'air épuisés. D'accord ?

L'autorité nouvelle qu'Antoine sentit chez son oncle l'impressionna et il ne put que hocher la tête. Marcel quitta la pièce en marmonnant qu'ils avaient suffisamment négligé leurs invités et Dani s'approcha du garçon :

— Ne t'inquiète pas, tu vas avoir les réponses à tes questions. C'est juste que... À notre manière, maladroite sans doute, nous voulions aussi te protéger parce que nous t'aimons énormément, bien plus que tu ne le crois. Je ne t'ai pas donné de sirop car je trouvais que tu gérais bien cette situation et, de toute façon... tu aurais sans doute mal réagi à la valériane.

— Pourquoi ? Je suis allergique ?

— Oui, en quelque sorte.

— Dani, pourquoi Marcel a-t-il aussi mal réagi quand il a dit bonjour à maman ? Et pourquoi j'ai l'impression que vous en savez plus que tout le monde sur sa maladie ?

— Ah, mon hippocampe… Je voulais attendre cette nuit pour te l'expliquer, mais tu mérites bien que je te le révèle dès maintenant. Néanmoins, tu dois me promettre de ne surtout pas dévoiler ce que je vais te dire avant que l'on ait pu tout t'expliquer cette nuit.

Excédé par ces détours de langage, Antoine claqua nerveusement des doigts.

— OK, OK, mais dis-moi ce que tu sais, s'il te plaît !

— Ce que je sais ? Je sais de quoi souffre ta maman et, désormais, ton oncle le sait également.

— Elle souffre de quoi ?

— Ta maman souffre du mal des otarelles. Et ce n'est pas une très bonne nouvelle…

CHAPITRE V
QUELQUES RÉVÉLATIONS

La soirée fut très longue… Littéralement écartelé entre la joie de revoir ses parents et l'excitation de pouvoir enfin avoir des explications de son oncle, Antoine était fébrile et passait d'une personne à une autre sans pouvoir s'arrêter. Il était terrifié par les paroles de Dani et les questions tourbillonnaient à nouveau dans son esprit. Qu'avait voulu dire sa tante en parlant d'une mauvaise nouvelle ? Concernant une maladie, il n'y avait pas beaucoup d'options, malheureusement… Mais

Dani avait ajouté que rien n'était perdu, avant de lui mettre une pile d'assiettes dans les mains et de le pousser vers la sortie de la cuisine. Et quelle était cette histoire d'oiseaux qui parlent ? Ce n'était peut-être pas un rêve finalement… Les informations paradoxales se télescopaient tellement dans sa tête qu'Antoine sentait pointer une sérieuse migraine derrière ses lunettes.

Heureusement, comme l'avait pressenti Marcel, ses parents étaient très fatigués. Paul et Anna étant épuisés par les émotions des retrouvailles, tous se couchèrent assez tôt. Antoine se retrouva enfin dans sa chambre et se mit à parler tout seul pour tromper l'attente :

— Bon. Il est… 23 heures ! Encore une heure ! Peut-être que Marcel sera dans son bureau avant minuit et que je pourrais l'y rejoindre ? Il doit se douter que je suis un tout petit peu impatient… Mais, au fait ? Le bureau de Marcel ? Je ne savais même pas qu'il en avait un !

Antoine avait visité la chambre de Dani et Marcel à son arrivée, chambre plutôt sobre comparée au reste de la maison, avec ses murs blancs, son parquet gris-bleu et son vaste lit à baldaquin. Mais le bureau ?… Il ne lui fallut pas longtemps pour deviner la localisation de la pièce, et son cœur déjà bien stimulé se remit à battre la chamade : la petite porte marron sur le palier ! Le bureau ne pouvait se trouver que derrière ce battant que le garçon avait essayé d'ouvrir tant de fois !

Il décida d'aller confirmer sa trouvaille et descendit

l'escalier à pas de loup : il ne manquerait plus qu'Anna se réveille pour ameuter toute la maisonnée…

Arrivé devant la porte, le garçon eut un mouvement de déception : celle-ci était close et il eut beau essayer de tourner la poignée ronde, elle ne daigna pas bouger. Ne sachant quoi faire, Antoine se dandina sur ses pieds et s'apprêtait à faire demi-tour quand des éclats de voix étouffés lui parvinrent à travers le bois :

— Tu lui as parlé des otarelles ! Je t'avais dit qu'il n'était pas prêt !

— Arrête de le prendre pour un bébé, Marcel. Il souffre de ne pas savoir la vérité et il va bien falloir que tu te mettes en tête que c'est le moment de lui parler des Protecteurs et de Sidroc'h…

Un rugissement interrompit Dani :

— Pas encore ! Il a à peine commencé son enseignement ! Je ne peux pas lui demander de se catapulter à Sidroc'h sans moi, même pour sa mère !

Antoine était tétanisé. Sans s'en rendre compte, il pressait désormais vigoureusement la poignée de la porte tout en fermant les yeux, pour se concentrer sur la discussion orageuse. Il ne pensait plus, ne réfléchissait plus. Toutes ses forces semblaient dirigées vers la mystérieuse pièce à l'intérieur de laquelle se disputaient Dani et Marcel.

Soudain, la poignée s'effaça et Antoine se retrouva sur les genoux, le nez sur les chaussons de son oncle :

— On ne t'a jamais dit que c'était très mal élevé d'écouter aux portes ?

— En même temps, vous étiez tellement discrets que je n'ai pas pu m'en empêcher, tenta d'ironiser le garçon en se relevant.

Le bureau de Marcel était bien plus vaste que ne laissait le supposer le petit renflement sur le palier. De couleur bois, les murs paraissaient d'ailleurs être construits en écorce. Son oncle et sa tante s'étaient tus pour le laisser découvrir ce nouvel environnement, ce dont le garçon ne se priva pas. Afin de se laisser le temps d'organiser ses idées, Antoine en fit le tour à pas lents. Des esquisses en aquarelle étaient encadrées aux murs : paysages marins, forêts profondes, mais aussi lutins, dragons et autres trolls… Un ensemble de créatures fantastiques était peint. Les traits, extrêmement précis et en même temps très sensibles, donnaient vie aux sujets qui semblaient dévisager le nouveau venu. Antoine caressa un loup magnifique dont les yeux bleus le transperçaient et demanda sans se retourner :

— Marcel, c'est toi qui peins ?

— Oui, mon grand.

— C'est très beau.

— Cela fait partie de mes… attributions.

Comprenant que son oncle allait (enfin !) lui parler, Antoine pivota vers lui mais ne réagit pas à son signe de la main lui enjoignant de se joindre à eux. Ils s'étaient assis autour d'une table ronde encombrée de papiers et d'instruments métalliques étranges.

— Mon grand, il n'y a pas trente-six manières pour te parler de ce que nous vivons ici et de ce que nous sommes. Tu as pu remarquer que des événements parfois étranges survenaient dans cette maison. Je vais commencer par son isolement : elle n'a pas été construite en ces lieux par hasard, c'est comme… un sanctuaire. Un sanctuaire placé exactement ici pour garder et protéger un passage.

— Un passage vers quoi ?

Antoine se mordit la langue. Il s'était promis de ne pas interrompre son oncle, de ne pas montrer à quel point ces explications étaient vitales pour lui permettre de conserver son équilibre. Marcher pour garder contenance… Le garçon déambulait et remplissait l'espace afin de combler le vide de son esprit. Les pensées tourbillonnantes avaient fait place à un creux, aussi angoissant que le poing de glace qui comprimait son ventre.

— Un passage vers… Comment te dire cela sans te perturber…

— Me perturber ? T'es rigolo, toi. J'ai l'impression que c'est déjà le cas, non ? grinça le garçon.

Tant pis pour le silence ; Antoine eut soudain peur que cette discussion n'apaise en rien ses doutes et qu'il ne trouverait pas de réponses à ses questions. Alors, pour la deuxième fois depuis son exil, sa colère et sa frustration éclatèrent.

— J'en ai marre de vos mystères, marre de cette maison et marre de vous ! Vous savez tout de la maladie de maman et vous êtes incapables de me dire quoi que ce soit. Elle est en train de mourir, vous comprenez pas ? Ne m'approche pas, toi ! cria-t-il à sa tante qui voulait l'enlacer pour le calmer. C'est comme tes pouvoirs bizarres, Dani ! J'en peux plus, je comprends rien, et elle va mourir…

Antoine s'écroula sur le fauteuil le plus proche, des sanglots plein la voix et des larmes dans les yeux. Lui qui s'était promis de rester calme et distant, c'était raté !

La voix de Marcel, douce comme du miel, s'éleva :

— Je suis le Gardien du Passage qui conduit à Sidroc'h. Sidroc'h est un… un monde différent du nôtre, peuplé de créatures que l'on prend pour des êtres légendaires ici, mais qui existent bien. D'où penses-tu que viennent toutes ces histoires sur les lutins, les fées ou les trolls ? Ils ont simplement pointé le bout de leur nez sur Terre au moment où le Gardien précédent était endormi ou absent, et quelqu'un les a vus ! Parce que je ne veux pas être mauvaise langue, mais mon prédécesseur était plus souvent occupé par sa chopine que par son travail !

— Heu, Marcel… Tu t'éloignes du sujet !

— Ah oui. Désolé, Dani. Où en étais-je, mon grand ?

— À un monde parallèle dont tu gardes l'entrée ?

— Pas l'entrée, le Passage ! Je ne suis pas concierge ! Enfin, bref… Ce Passage s'est ouvert au moment où les hommes ont commencé à raconter des histoires. On prétend que les histoires nourrissent le monde de Sidroc'h et que Sidroc'h nourrit l'imaginaire des hommes. C'est un équilibre fragile qui doit être respecté. C'est pour cela que le Gardien a un rôle très important : il est en quelque sorte le protecteur de cet équilibre.

— Qu'est-ce qui fait que l'équilibre peut être rompu ?

— L'équilibre peut être rompu lorsque des créatures malveillantes sortent du Passage pour venir sur Terre ou quand des hommes malintentionnés pénètrent dans Sidroc'h. Ceci n'est arrivé qu'une seule fois et y penser me donne encore des cauchemars…

Désormais captivé par les talents de conteur de son oncle, Antoine écoutait, frémissant.

— Et quand des créatures malveillantes viennent ici ?

— J'imagine que tes cours d'histoire t'ont appris beaucoup de choses sur les grandes tragédies qui se sont déroulées dans notre monde ? Le massacre des Indiens d'Amérique, les guerres mondiales du XXe siècle ou les guerres civiles en Afrique ne sont que de malheureux exemples. Cela peut te donner une idée des conséquences catastrophiques de la présence de ces créatures dans notre monde…

— Comment c'est possible ?

— Les créatures bienveillantes de Sidroc'h favorisent et embellissent l'imaginaire, les créatures malveillantes le tuent. Et lorsque l'imagination disparaît, l'ouverture d'esprit aussi. Petit à petit, l'attention aux autres et la tolérance sombrent. Quand tout cela n'existe plus, c'est l'amour qui disparaît et il laisse place à la haine, la violence et… la mort.

Antoine s'agita, mal à l'aise. Est-ce que son oncle se laissait encore emporter par son imagination ou sa mise en garde était-elle réelle ? Quelque chose lui disait que la deuxième supposition était la bonne… Marcel, sentant son petit-neveu inquiet, voulut changer de sujet :

— Heureusement, il existe bien d'autres créatures beaucoup plus intéressantes sur Sidroc'h !

Pris d'une intuition subite, Antoine lança :

— Les otarelles, par exemple ?

Surprise, Dani, jusqu'alors très discrète, pâlit, faisant ressortir ses yeux noirs comme de l'ébène. Elle ouvrit la bouche pour intervenir, mais Marcel la devança :

— Oui, les otarelles sont des créatures extraordinaires qui peuplent les nombreux océans de Sidroc'h. Mais tu les connais déjà, il me semble, ajouta-t-il avec un sourire qui allégea l'atmosphère.

— Les otarelles ? Non, ça ne me dit rien ! Tu penses bien que si je les avais connues, je t'en aurais déjà parlé, surtout après que Dani m'ait dit que la maladie de maman s'appelait le mal des otarelles !

— Rappelle-toi… Des femmes magnifiques, très discrètes, qui peuplent les océans…

— Des sirènes quoi !

— Ah non ! intervint cette fois Dani avec chaleur. Elles n'ont rien à voir avec les sirènes ! Les otarelles n'ensorcellent pas les humains. Et puis cette queue de poisson, tellement vulgaire…

— Attends ! J'ai trouvé ! J'ai lu ça quelque part, dans ma cache aux trésors… Les selkies, ce sont des selkies !

— Oui, mon grand, acquiesça Marcel, plutôt fier de son neveu. Les noms sont différents mais ce sont bien les mêmes.

— Que je me rappelle… Des femmes, mais aussi des hommes, qui vivent dans la mer et viennent seulement sur terre pour danser au clair de lune tout nus. Un peu bizarres, quand même… Ils ont une peau de phoque qu'ils enlèvent quand ils viennent sur la plage et qu'ils mettent pour retourner dans l'eau. C'est ce qui leur permet de nager et de vivre sous l'océan. Et ils mangent du poisson cru ! Voilà ! Un mix de naturistes et de Japonais…

Survolant le regard scandalisé de sa tante, Antoine se rengorgea devant son oncle qui riait sous cape. Puis sa légèreté s'envola comme une nuée d'alouettes.

— Mais, quel rapport avec maman ?

— Il n'y a qu'une seule manière de retenir une otarelle sur la terre ferme : il faut lui voler sa peau de phoque et la dissimuler. Alors, elle vivra avec celui qui lui a pris son seul moyen de retourner auprès de son peuple, et pourra même en tomber amoureuse. Mais la contrepartie est terrible pour celles qui ne peuvent oublier leur vie sous-marine : une mélancolie sourde et néanmoins profonde les submerge et les éloigne de tout : leur mari, leurs enfants… Elles deviennent distantes et solitaires, préférant fixer les vagues et l'écume plutôt que vivre leur vie. Elles en oublient même de se nourrir et de se soigner.

— Mais, ma mère n'est pas une otarelle ! Elle est bretonne, OK, mais rien à voir avec les créatures de ton monde parallèle ! Et ça voudrait dire que papa l'aurait enlevée ? Gardée prisonnière ? Ça va pas ? Il est incapable de faire ça !

— Tout d'abord, ce n'est pas « mon » monde parallèle, et ensuite… Ton père ne s'est évidemment pas rendu coupable d'un tel crime. Le mal des otarelles peut exceptionnellement toucher des personnes très sensibles, comme Molène, par exemple.

— De toute façon, le fait de savoir comment elle est tombée malade ne nous aidera pas à la guérir, si ?

— Non, mon grand.

— Alors, on laisse tomber. Après tout, papa est tout le temps en mer, peut-être qu'il a ramené une espèce de virus qui a contaminé maman ? C'est pas contagieux, au moins ?

— Non, pas du tout.

— Et maintenant, comment on fait ?

— Pour une otarelle, l'antidote est de lui rendre sa peau de phoque afin qu'elle l'endosse et qu'elle puisse retourner à l'océan. Sa famille terrienne ne pourra plus jamais la revoir, mais c'est pourtant la seule manière de lui rendre son envie de vivre. Pour ta mère, il faudra aller chercher un autre remède là où les otarelles naissent et passent leurs épreuves d'entrée dans le monde des adultes : la cité des Otariens, située sous la mer Alanis.

— Connais pas…

— Évidemment, puisque tu te doutes bien que c'est à Sidroc'h ! La mer Alanis est à l'ouest de Sidroc'h, elle correspondrait à l'océan Atlantique de notre monde. Imagine-toi un planisphère identique à celui de la Terre, mais avec des noms différents. Pour trouver l'antidote du mal frappant ta maman, il va falloir parcourir l'équivalent de la Bretagne afin d'atteindre le littoral.

— Eh ben, c'est parti ! Qu'est-ce qu'on attend ? Y a des voitures au moins, dans ton monde ?

— Ce n'est pas « mon » monde ! Tu imagines bien que si c'était si facile, j'y serai déjà allé pour récupérer l'antidote ! Le Passage mène à une caverne et je n'ai pas le droit de m'aventurer hors de ses murs. Ce qui signifie que tu devras y aller seul…

— Seul ? Mais… Je ne connais rien à ton monde et, d'abord, pourquoi tu n'as pas le droit d'y aller ?

— C'est un peu compliqué à t'expliquer, je t'en parlerai quand nous aurons plus de temps… Et pour la dernière fois, ce n'est pas « mon » monde ! Quant à toi, je t'apprendrai tout ce que tu dois savoir sur Sidroc'h, je te le promets. Je te donnerai tout le nécessaire pour mener à bien ta recherche de l'antidote. Et puis je te signale que tu as déjà bien commencé ton apprentissage ! sourit Marcel, une trace d'humour réapparaissant dans ses yeux profondément enfoncés sous d'épais sourcils.

— Ma cache aux trésors ! J'aurais dû comprendre plus tôt que tous tes interrogatoires post-lecture avaient du sens ! marmonna Antoine en se tapant le front. Mais ça ne me dit toujours pas comment je vais me débrouiller dans ton mon… à Sidroc'h !

En effet, aller dans un endroit mystérieux avec son oncle bâti comme un grizzly était quand même un peu plus rassurant qu'y aller seul ! Et Antoine hésitait encore à croire les histoires de Marcel. Alors, le garçon prit une grande inspiration et lança :

— Tu me montres ton mon… Sidroc'h d'abord, et après on verra !

À la plus grande stupéfaction de son neveu, Marcel se leva et sourit :

— Je n'attendais que cela, mon grand. Après toi !

CHAPITRE VI

LE PASSAGE

Dani se leva alors et, embrassant Antoine sur la joue, sortit de la pièce en lui murmurant :

— Ouvre grand tes yeux et profite, mon hippocampe.

Soudain très intimidé, le garçon observa son oncle poser la paume de sa grande main sur l'écorce du mur et prononcer ces mots dans un chuchotement sourd :

— Éveille-toi, Yggdrasil !

Avec un sursaut, le garçon se rendit compte que le grand chêne n'était pas « dans » le bureau : le grand chêne était « le » bureau ! Et la cabane de Paul, et la protection du toit, et le fondement même de la maison de pierre…

L'arbre parut entendre la supplique : l'écorce tournoya sur elle-même jusqu'à découvrir une petite ouverture triangulaire. Marcel s'y engouffra sans un regard pour son neveu qui, approchant, caressa prudemment le mur d'écorce. Le chêne émit alors un profond soupir et la porte commença à se refermer ; Antoine bondit dans le trou noir.

Il débouchait sur une volée de marches de pierre tellement usées qu'elles semblaient incapables de supporter son poids. Le garçon y posa un bout d'orteil puis, rassuré, entama la descente en colimaçon. L'escalier était éclairé par une mousse douce et fluorescente qui avait poussé le long de l'écorce du grand chêne et diffusait une lumière ambrée.

Antoine déboucha bientôt sur ce qu'il prit tout d'abord pour une clairière : une herbe rase parsemée de fleurs blanches menait à un petit lac qui se divisait en d'innombrables ruisseaux. En son centre, une cascade chantait et le garçon aurait juré que les gouttelettes sautillant sur les rochers alentour étaient en fait de minuscules bonshommes qui rebondissaient comme des acrobates. Mais, avant de pouvoir aller voir de plus près, le garçon fut attiré par une bassine en cuivre posée à même le sol. Elle était remplie d'une potion d'une belle couleur nacrée et exhalait une odeur si délicieuse qu'Antoine ne put s'empêcher de s'accroupir et de respirer à plein poumons.

— Attention avec ce Droit de passage ! Il peut être vraiment enivrant…

— Un droit de passage ? Ça sent tellement bon… On dirait…

— Ne me le dis pas ! Le Droit de passage offre une odeur unique à chaque personne et elle sera ton sésame pour entrer à Sidroc'h. Si tu réussis à trouver à quoi correspond cette fragrance, murmure-le dans le Passage, et il t'emmènera alors où tu veux.

— Et si je me trompe ?

— Mieux vaux que tu ne le saches pas, mon grand… Es-tu prêt ? La nuit avance.

Antoine huma encore la délicieuse odeur et suivit Marcel jusqu'au petit lac. Il entra à sa suite dans l'eau, fraîche et agréable, et s'avança vers la cascade. Les gouttelettes bondissaient et tournoyaient comme animées d'une vie propre ; ce qui était apparemment le cas, puisque le garçon aperçut de nouveau les petites créatures filiformes et transparentes. L'une d'elles vint se poser sur sa main et lui fit un clin d'œil : elle était translucide et seuls ses petits yeux noirs semblaient avoir une consistance solide. Ses cheveux très longs gouttaient jusqu'à ses genoux ronds, cachant son corps mince et nu. Approchant sa main avec des gestes doux pour ne pas effrayer le tout petit homme, Antoine vit un nez court et pointu, une bouche ouverte sur un sourire espiègle et des branchies remplaçant les oreilles. Le garçon, se trouvant complètement idiot de s'adresser à un minuscule il-ne-savait-pas-trop-quoi, ne put résister à demander :

— Bonjour ! Ou plutôt, bonne nuit ! Comment tu t'appelles ? Moi, c'est Antoine.

— Salut, moi c'est Lewellyn. Pour ta gouverne, je suis un esprit des eaux. Et il va falloir te dépêcher un peu si tu veux aller visiter Sidroc'h, ton oncle ne va pas t'attendre toute la nuit !

Levant le nez, Antoine s'aperçut que son nouvel ami avait raison : Marcel était arrivé juste sous la cascade et s'apprêtait à la traverser !

— Marcel, attends-moi ! Heu… Lewellyn, tu permets que je te pose ?

Le garçon avait à peine terminé sa phrase que l'esprit, dans un éclat de rire tintinnabulant comme une petite clochette, prit son élan et disparut dans l'eau. Charmé par cette rencontre, Antoine avança plus rapidement en essayant d'écraser le moins possible de gouttelettes (ce qui, dans un lac, n'était pas une partie de rigolade…). Tout essoufflé, il parvint à hauteur de son oncle qui, n'en déplaise à Lewellyn, l'attendait patiemment :

— On y va, mon grand ? Parce que si tu t'arrêtes à chaque fois que tu rencontres une nouvelle créature, la nuit ne sera pas assez longue…

Voyant que son neveu était tout ouïe, il continua.

— Pense à l'odeur que tu as sentie dans la bassine, pense à ton Droit de passage. Quand tu seras prêt, fais un pas pour te placer sous la cascade et murmure ce que qu'elle signifie. Si tu te trompes mais que tu es sincère, il ne se passera rien et tu pourras réessayer. Si la cascade est d'accord avec ce que tu dis, elle t'emportera par le Passage : tu pourras ouvrir les yeux et tu pourras respirer. Ne panique pas si tu vois des choses étranges ; elles s'effaceront vite…

Joignant le geste à la parole, Marcel avança d'un pas de géant en marmonnant « écume », et disparut.

Tout étourdi par le flot d'informations, Antoine hésita puis se décida à s'avancer en murmurant :

— Sel de mer.

Il ferma les yeux et… reçut une douche froide ! La cascade avait refusé de l'emmener, il s'était trompé ! Hoquetant, il recula précipitamment.

— Ben quoi ? C'est du sel, je ne suis pas fou, je sais encore ce que ça sent, je suis breton, nom d'un petit bonhomme !

Une voix flûtée et rieuse lui répondit :

— Tu m'as appelé ?

— Non, Lewellyn, désolé… Je parle tout seul quand je suis contrarié… enfin, je râle tout seul ! Ça n'a pas marché et je ne comprends pas pourquoi ! J'ai bien senti l'odeur au-dessus de la bassine !

— Tu n'as pas écouté ton oncle : il ne t'a pas dit de

murmurer le nom de l'odeur, mais de révéler ce qu'elle signifie pour toi…

Sur ces mots énigmatiques, le petit esprit disparut à nouveau dans les gouttes d'eau. Antoine se força à se concentrer. Lewellyn avait raison, le garçon avait pris le chemin le plus facile en parlant du sel de mer, même s'il avait ressenti tout de suite que ce parfum était bien plus complexe. Alors, planté au milieu du petit lac, les chaussettes trempées et les pieds froids, le garçon ferma les yeux pour mieux se remémorer. Le sel des embruns, un champ de fleurs chauffé par le soleil, un rire qui lui manquait tellement… Ça y est, il savait.

Éclaboussant tout sur son passage, Antoine courut plus qu'il ne marcha sous les flots de la cascade et souffla :

— Maman…

Le courant l'entraîna. Pétrifié, incapable de respirer, Antoine n'osa ouvrir les yeux. Il tourbillonnait et la seule pensée qui lui vint fut que ses vêtements devaient à peu près ressentir la même chose dans la machine à laver ! Soudain, le Passage le recracha et le garçon tomba à genoux, suffoquant. Il avait atterri dans une caverne dont l'ouverture dévoilait un beau ciel bleu.

— Eh ben, pas trop tôt ! On croyait que tu n'y arriverais jamais ! C'est vrai que ce n'est pas comme si le monde avait besoin de toi…

— Tais-toi, Marrec ! Enchantée de te connaître Antoine, je m'appelle Aloda. Bienvenue à Sidroc'h !

La jolie voix appartenait à une fille toute menue et vive. Elle avait de grands yeux verts et de longs cheveux qui atteignaient le milieu de son dos. Antoine remarqua qu'ils étaient châtain foncé avec des reflets de la couleur des feuilles des jeunes noisetiers. Le garçon avait souvent croisé des filles aux yeux noisette, mais qui pouvait prétendre avoir des cheveux couleur noisette ? Étrangement, sa magnifique chevelure était serrée en une tresse épaisse et la fille ne paraissait en tirer aucune fierté. Son sourire franc et sa poignée de main le sortirent de ses pensées et il se présenta à son tour en bredouillant :

— Heu, salut, moi c'est Antoine, mais tu le sais déjà…

Embarrassé par ces premiers mots qu'il jugea ridicules, le garçon rougit jusqu'à ses lunettes et baissa les yeux. Décidément, il avait encore du travail pour jouer le mec cool et sûr de lui ! Un éclat de rire le fit relever la tête :

— Eh bien ! Si on m'avait dit que les Terriens pouvaient changer de couleur à volonté !

Antoine se tourna vers le compagnon d'Aloda qui venait de se moquer gentiment de lui. Il ne savait pas vraiment juger la beauté masculine, mais il était sûr que ce garçon aurait fait s'évanouir toutes les filles de son collège. Marrec était grand et délié, avec une musculature que l'on entrevoyait à travers sa chemise souple. Sa peau satinée couleur chocolat au lait contrastait avec ses yeux d'ambre. Pourtant, il ne jouait pas de cette beauté insolente et agissait avec un naturel qui ramena le sourire sur les lèvres d'Antoine.

— Désolé, je suis un peu… perturbé. Mais, pourquoi il ne fait pas nuit ici ?

— Ton oncle te le dira mieux que moi, mais le temps s'écoule de la même façon à Sidroc'h que chez vous, sauf que l'orientation face au soleil est différente. C'est bien cela, Sencha ? se tourna Marrec vers Marcel avec respect.

— Oui, exactement. Il y a quelques heures de décalage entre la Bretagne et Sidroc'h. C'est un peu comme si tu changeais de fuseau horaire en traversant le Passage.

Antoine en fut rassuré. Il n'avait pas encore tout à fait perdu les pédales ! Puis, une autre question lui vint à l'esprit :

— Que veut dire « Sencha » ?

— Sencha veut dire professeur. Je suis le professeur d'Aloda et de Marrec.

— C'est donc ici que tu passes tes après-midi ! Dani m'avait bien dit que tu enseignais à d'autres, mais j'étais bien loin de croire que c'était dans ton mon… à Sidroc'h et dans cette caverne. Wouah, trop stylé !

— Trop sty… quoi ? rit Aloda.

Mais Antoine était trop occupé à regarder autour de lui pour répondre. Le Passage l'avait rejeté d'une rivière moutonneuse sur une petite berge de sable blanc qui luisait faiblement. La rivière venait de l'extérieur, coulait paresseusement le long d'une des parois de la caverne et continuait sa route par une cavité basse creusée dans la roche. Derrière lui, des nattes et des coussins étaient installés sur le sol de pierre. Le plafond de la grotte s'ouvrait en son milieu et laissait apparaître la végétation qui tapissait ce puits de lumière. Il n'y avait ni livres, ni crayons, ni supports pour noter les leçons. Antoine voulut en demander la raison, mais les autres grimpaient déjà un chemin en pente menant vers l'extérieur pour lui faire découvrir les environs.

Laissant Marcel à l'intérieur, ses élèves entraînèrent Antoine dans la forêt qui bordait la caverne, apparemment ravis d'avoir un nouveau camarade. Aloda pépiait comme un oiseau et voulait tout décrire, tout nommer, tout expliquer, alors que Marrec, plus réservé, se contentait de l'écouter avec un sourire ironique. Les bois n'étaient pas très différents de celui poussant autour de chez son oncle et sa tante, ils avaient seulement l'air plus anciens et bien plus profonds. Antoine frissonna à l'idée de s'enfoncer plus avant : il n'avait pas oublié les ombres du jardin.

Les trois jeunes gens s'éloignaient doucement mais inexorablement de la caverne. Ils suivaient désormais un chemin creux qui se chauffait au soleil et que les Sidroc'hiens paraissaient connaître par cœur. Même Marrec sortit de sa réserve pour lancer à Antoine :

— Dépêche-toi, c'est presque l'heure !

— L'heure de quoi ?

Marrec avait filé dans le chemin comme un cheval au galop et Antoine se retrouva bientôt seul. Pas vraiment enchanté de cette situation, le garçon accéléra le pas.

Au détour d'un virage, il se figea : l'ombre était là. La présence perçue dans le jardin de son oncle l'avait suivi jusqu'ici ! Son angoisse surgit aussitôt et il s'y heurta avec la violence d'une gifle. L'ombre serpenta sans un bruit jusqu'à un rocher affleurant au bord du chemin. Antoine était pétrifié. Il voulut fuir, mais ses jambes étaient paralysées. La silhouette disparut derrière le rocher et le garçon entendit alors un souffle rauque et précipité, un froissement sur les feuilles et un gémissement ténu. Abasourdi par son audace, Antoine décida alors d'en avoir le cœur net : ce fantôme lui faisait peur depuis trop longtemps. Il s'approcha le plus doucement possible en essayant de contrôler sa respiration ; un pas, une inspiration, un pas, une expiration, un pas… Un museau noir et humide surgit alors du rocher, si soudainement qu'Antoine tomba en arrière ! L'animal à qui appartenait le museau se tapit à nouveau derrière son abri en gémissant. « Il a aussi peur que moi ! » comprit le garçon. À quatre pattes pour ne pas l'effrayer (et également pour ne pas se retrouver à nouveau les fesses dans les feuilles mortes…), Antoine contourna le rocher et tomba nez à nez avec un loup !

Bizarrement, le garçon avait oublié sa peur. Était-ce l'attitude de l'animal, couché et nullement agressif, ou sa manière de pencher la tête de côté ? Il l'ignorait mais était persuadé que le loup était inoffensif. Antoine s'autorisa alors à l'observer. Fin, avec des pattes hautes, il paraissait tout jeune. Il était magnifique : son poil brun lui permettait de se confondre avec l'environnement (et de passer pour une ombre !). Il avait le poitrail plus clair, qui contrastait avec ses yeux sombres et veloutés. Ceux-ci étaient si profonds, presque magnétiques, qu'Antoine eut l'impression en les fixant de plonger dans un puits sans fond. Le garçon ne s'était jamais autant approché d'une bête sauvage, mais il se sentait proche de ce loup. Il tendit une main tremblante et glissa ses doigts avec précaution dans les poils rugueux de la bête. Le loup parut apprécier et se détendit.

— Salut, moi, c'est Antoine. Quand je pense que je caresse un loup ! Mon petit frère serait trop jaloux s'il savait… Tu dois me prendre pour un dingue à te parler comme ça mais, en ce moment, je discute avec plein de créatures improbables : un drôle de petit bonhomme vivant dans l'eau, et même un oiseau ! D'ailleurs, tu me fais penser un peu à lui avec ta tête penchée sur le côté…

À peine avait-il prononcé ces mots que le loup chuchota :

— Attention !

Puis il s'enfuit.

CHAPITRE VII

ALODA ET MARREC

— Nom d'un troll à rayures ! C'est contagieux ou quoi ? Qu'est-ce que c'est que ces animaux qui me balancent des mises en garde et qui se carapatent juste après ? Même pas fichus de s'expliquer… Et je suis encore tout seul dans mes chaussettes !

— Eh ben dis donc, quand tu es en colère, ce n'est pas à moitié, toi !

Antoine reconnut le ton ironique de Marrec qui était

revenu voir pourquoi le petit nouveau ne les avait pas suivis. Aloda le talonnait et paraissait inquiète :

— Que s'est-il passé ? Tu sembles vraiment fâché et effrayé… Je me trompe ?

— Il m'est arrivé un truc de dingue ! Un loup s'est approché de moi, j'ai pu le regarder et même le toucher ! (Pas la peine de parler de l'ombre, son ego était déjà bien écorné…) Le seul problème c'est qu'à la minute où je n'étais plus mort de frousse, il a penché la tête sur le côté et m'a dit : « Attention ! » Je vous promets que c'est vrai ! Et le pire, c'est que ce n'est pas la première fois que ça m'arrive : un oiseau m'a déjà fait le coup chez Marcel !

Mais chez ses nouveaux amis, pas de rires moqueurs ni d'exclamations d'incrédulité. Marrec avait perdu son air nonchalant et Aloda donnait l'impression de vouloir rentrer sous terre : à son tour de rougir jusqu'aux oreilles ! Ils échangèrent un regard d'une telle intensité qu'Antoine en ressentit un pincement de jalousie. Puis Aloda reprit la conversation qui semblait avoir commencé dans leurs pensées :

— D'accord, on fait cela. Antoine, on t'emmène voir Sidroc'h et après, on retournera voir Sencha… heu, Marcel.

Aloda le prit par la main et l'entraîna à sa suite, Marrec partant en éclaireur. Leur légèreté et leur insouciance semblaient s'être évaporées et Antoine remarqua que Aloda prenait soin de toujours se mettre entre lui et les abords du bois de plus en plus noirs. Marrec le flanquant de l'autre côté, Antoine eut l'impression d'être une star avec ses gardes du corps. Désireux de ne pas être en reste, il releva la tête, mais son cœur battait fort.

Enfin, le chemin creux s'effaça et fit place à une étendue plane. Le bois s'arrêtait net et Antoine comprit bientôt pourquoi : une falaise immense surplombait le paysage. Des forêts impénétrables succédaient à des prairies révélant quelques habitations éparses. Elles se rassemblaient en petits villages, jamais plus grands que quelques centaines de maisons resserrées autour de ce qui semblait être une place circulaire. Les maisons étaient mitoyennes, couvertes par des toits de chaume qui oscillaient entre le gris et le jaune paille. Les murs blancs reflétaient le soleil et des plantes aux fenêtres renforçaient l'impression de chaleur et de gaieté qui s'en dégageait. Un chemin blanc serpentait entre les rues étroites et menait immanquablement à la place centrale qui devait concentrer les principales activités des habitants.

Antoine trouva les villages très jolis mais une étrangeté attira son attention : des chemins d'un noir profond menaient à quelques maisons isolées… Avant de s'attarder sur ces habitations qui paraissaient avoir été construites à l'écart pour une raison bien précise, son regard porta sur un point qui l'attira irrésistiblement. Au-delà, loin, très loin, Antoine aperçut l'horizon qui miroitait : il en conclut que ce devait être la mer Alanis, peuplée d'otarelles. Le garçon voulut s'approcher pour mieux estimer la distance à parcourir, mais Marrec lui appuya sur la tête et le força à s'accroupir.

— Il ne faut pas qu'ils nous voient !

— Qui ?

Marrec mit un doigt sur ses lèvres, lui enjoignant de se taire, et rampa jusqu'à l'extrême bord de la falaise. Ce que découvrit Antoine en le suivant le fascina. Ils étaient arrivés juste à temps pour surprendre une assemblée d'hommes et de femmes en pleine cérémonie.

— Les Druides célèbrent leurs nouveaux membres. Après des années d'études, les élèves deviennent enfin des maîtres, chuchota Aloda à l'oreille d'Antoine.

Le silence était intense, hormis la voix d'une jeune femme rousse qui chantait dans une langue inconnue. Elle avait la voix si pure qu'Antoine sentit des frissons lui parcourir le dos. Les femmes comme les hommes portaient une tunique blanche immaculée, sauf celui qui menait la cérémonie : la sienne était noire et faisait ressortir sa barbe argentée.

— Le Grand Maître des Druides, reprit Aloda, qui paraissait devancer les interrogations d'Antoine.

Bientôt, une dizaine de ces membres se détacha du groupe et vint se placer face au Grand Maître. Celui-ci écarta les bras lentement et, soudain, tous les élèves se transformèrent en un animal ! Il y en avait de toutes les espèces : des mammifères, des oiseaux, des reptiles… La

chanson magnifique fit alors place à une cacophonie presque insupportable : les élèves transformés en animaux hurlaient, grognaient, pépiaient de toutes leurs forces, si bien que les trois acolytes reculèrent les mains sur les oreilles et reprirent le chemin creux vers la caverne.

— Racontez-moi, je veux tout savoir, demanda Antoine, impressionné par ce qu'il venait de vivre. Les Druides sont importants dans votre mon… à Sidroc'h ?

— La célébration des nouveaux Druides est une cérémonie très rare, commença Aloda. J'ai eu vent de son organisation et nous avons décidé avec Marrec d'y assister, mais sans en parler à Sencha qui nous aurait interdit de nous y rendre, cette réunion étant sacrée. Et comme tu es arrivé, on t'a emmené !

— On peut dire que tu as le don pour débarquer dans un autre monde à point nommé, toi ! reprit Marrec.

— Et comment ça fonctionne ? Tous les hommes sont égaux, comme chez nous ? Enfin, à peu près…

— Non, pas du tout. Notre société est plutôt organisée de manière pyramidale, dont les Druides occupent le sommet. Ils sont la caste dominante, expliqua Aloda. Ils gouvernent les autres, tous les autres, et sont en général issus d'un cercle très fermé de deux ou trois familles. Ils sont puissants et souvent sans pitié. Comme tu as pu le voir, ils peuvent se transformer en l'animal de leur choix : très pratique pour espionner ce que disent d'eux les autres castes ! railla la jeune fille.

— T'as pas l'air de les porter dans ton cœur… Mais tu as parlé d'autres castes : c'est comme des métiers, chaque personne a sa spécialité ?

— Les castes sont plus rigides, il est très difficile d'en changer. Je t'ai déjà parlé de la caste des Druides. En dessous existent trois classes privilégiées : les Protecteurs, qui ont pour emblème le loup, les Sensibles, qui ont pour emblème l'ours et les Chevaliers, qui ont pour emblème la chouette. Les Protecteurs sont les garants de la connaissance, des traditions et de la justice. Pour cela, ils doivent savoir parler à tous et être attentionnés envers tout le monde. Sais-tu que les parents loups font partie des animaux les plus attentionnés ? J'imagine que les loups de Sidroc'h ressemblent à ceux de ton monde…

— Oui, j'ai lu ça quelque part. Les mâles sont quasiment les seuls à s'occuper de leurs petits parmi les animaux. À part les hippocampes ou les manchots, qui jouent les couveuses ! Mais ces Protecteurs sont un peu comme mon oncle, non ?

— Ton oncle est un cas… particulier. Il te l'expliquera plus tard, je pense.

— Il commence à accumuler les trucs importants à m'expliquer, mon oncle… Et les Sensibles ?

— Les Sensibles sont souvent impressionnants, voire effrayants à l'extérieur, mais fragiles et affectueux à l'intérieur. Ils aiment la solitude, savent déchiffrer les signes que leur envoie la nature afin d'empêcher une catastrophe de se produire, par exemple. Et enfin les Chevaliers. Ce sont des guerriers, volontaires, courageux et pugnaces. Ils garantissent la sécurité de leur peuple et font régner la paix.

— Et les autres personnes, qui ne font pas partie de ces castes privilégiées, elles sont où, dans votre pyramide ?

Aloda lui répondit :

— En bas, tout en bas… Le Peuple n'est représenté par aucun emblème et a juste le droit de servir les castes privilégiées et, bien sûr, les Druides.

— Et vous, vous faites partie de quelle caste ? Aloda, je parie que tu es du Peuple, toi ! Avec tes idées révolutionnaires…

Marrec partit d'un fou rire si énorme qu'il en pleurait de joie, contrariant Aloda qui lui tourna le dos en croisant les bras. Vexé de jouer à nouveau le rôle de l'ignorant, Antoine tourna à son tour le dos à son nouvel ami qui, voyant son manège, redoubla d'hilarité. Il riait si fort que ses deux compagnons se laissèrent gagner par son allégresse et se joignirent à lui. Enfin, à bout de souffle, Marrec les prit chacun par les épaules et, les entraînant à nouveau vers la caverne, dit à la jeune fille :

— Dis-lui ton secret honteux, Aloda ! De toute façon, il fait partie de notre groupe de bannis désormais, alors il faut au moins qu'il sache nos magnifiques origines ! Au moins pour ne pas faire de bourdes…

Encore égayée, Aloda accepta de répondre :

— Je ne suis pas issue du bas de la pyramide, c'est plutôt le contraire… Je viens d'une des plus puissantes familles de Druides de la région. Je l'ai quittée justement parce que je ne supportais plus ce que ma famille faisait subir aux autres… J'ai rencontré ton oncle, et voilà !

— Donc, j'avais raison ! Tu es une révolutionnaire… Mais j'imagine qu'ils ont voulu te retrouver, non ? C'est pas un peu dangereux de rester ici ?

— Ne t'inquiète pas, Antoine. Aloda est une petite maligne, ils ne sont pas près de la retrouver. Et puis… ils ont peur de ton oncle, alors…

Marrec fut interrompu par une poigne de géant qui s'abattit sur son épaule et les fit tous sursauter :

— Quand vous aurez fini de dire des bêtises, on pourrait peut-être retourner étudier ?

Les trois compères suivirent leur Sencha dans la caverne toute proche et Antoine redécouvrit pendant quelques heures les merveilleux talents de conteur de son oncle. Il comprit pourquoi les élèves n'avaient besoin ni de crayons ni de livres dans cette étrange classe. L'enseignement se faisait à l'oral et ils se devaient de tout retenir par cœur… Marcel s'appuyait seulement sur des aquarelles qu'il avait peintes lui-même afin de dispenser ses cours.

Puis il fut temps de rentrer. En entrant dans l'eau, Antoine dut penser très fort au bureau de Marcel, serrant les paupières à en avoir mal. Cette fois encore, le garçon ne parvint pas à partir et, s'attendant aux moqueries de Marrec, soupira d'un air las. Sa fatigue, jusque-là oubliée, s'abattit sur lui et les émotions ressenties ces dernières heures furent si intenses qu'il en eut les larmes aux yeux. Que faire s'il n'arrivait pas à se concentrer et qu'il restait coincé ici ? Son père allait s'inquiéter, sans parler de Marcel qui serait déçu et de Paul et Anna, paniqués de ne pas voir leur grand frère ! Plus il tentait de se concentrer et plus ses pensées tourbillonnaient et l'agitaient.

Alors, Aloda et Marrec l'entourèrent en lui mettant la main sur les épaules pour le soutenir.

— Détends-toi, tu vas y arriver. Tu vas les retrouver, il faut juste que tu respires et tout ira bien.

Doucement, Antoine se sentit partir, partir…

Le lendemain, lorsque Paul vint sauter sur son lit pour le réveiller, Antoine sut qu'il avait rencontré deux vrais amis.

CHAPITRE VIII
SIDROC'H

La semaine suivante fut plus sereine mais aussi plus intense. Avec la complicité de Dani, Antoine et Marcel s'échappaient les après-midi et le garçon continuait à suivre les enseignements de son oncle, accompagné de Marrec et de Aloda. Ses deux compagnons étaient des étudiants infatigables et le garçon se dit qu'il n'avait jamais autant travaillé de sa vie !

Les cours étaient répartis en quatre matières principales : histoire et sociologie, herboristerie, sciences des espèces sidroc'hiennes et maniement des armes. Antoine, surexcité d'apprendre à se servir d'un arc, voire d'une épée, fut amèrement déçu lorsque son oncle lui confia un couteau minuscule qu'il reconnut comme étant le couteau à beurre de la cuisine de Dani…

Marrec maniait une hache comme si elle était aussi lourde qu'un bâton de majorette. Sa force était colossale, mais Antoine fut surtout impressionné par sa maîtrise de l'arme. Le jeune homme était en effet capable de stopper sa lame à quelques cheveux de sa cible : il n'y avait, paraît-il, pas de meilleur moyen pour intimider son adversaire. Antoine voulait bien le croire sur parole…

Aloda refusait de toucher à une arme mais gardait toujours à sa ceinture une fine dague protégée par une gaine de cuir noire. Marcel souffla à son neveu qu'elle en avait appris le maniement toute petite.

Antoine, comprenant qu'il ne saurait pas se protéger correctement sans un entraînement acharné, réussit bientôt à se servir de son couteau rond sans (presque !) s'écorcher…

En histoire, le garçon apprit que Sidroc'h n'avait pas toujours été sous la domination des Druides et qu'avant l'avènement du nouveau Grand Maître, la société des hommes était beaucoup plus fraternelle et solidaire. Il apprit que les trois castes privilégiées n'étaient plus représentées par de vrais Protecteurs, Sensibles et Chevaliers, mais par des hommes et des femmes seulement soucieux d'entrer dans les bonnes grâces des Druides et d'assurer leur carrière personnelle.

Les sciences des espèces sidroc'hiennes lui firent comprendre que les hommes n'étaient pas les seuls à Sidroc'h : des elfes, des korrigans, des trolls et autres farfadets cohabitaient plus ou moins bien avec les humains. Pourchassés par les Druides qui craignaient leurs pouvoirs, ils se terraient le plus souvent dans les forêts sombres.

Il eut peur de s'endormir pendant le cours d'herboristerie mais, aidé par Marrec qui y excellait, il se surprit finalement à penser qu'il regarderait les plantes étranges de Dani d'un œil nouveau !

Antoine eut de longues conversations avec son oncle, qu'il appréciait de plus en plus. Pressé de pouvoir aider sa mère, le garçon s'estimait prêt à traverser les terres de Sémilor pour atteindre la mer Alanis et obtenir enfin le fameux antidote. Marcel lui assura qu'il avait encore besoin de temps car des savoirs fondamentaux devaient être abordés, mais que sous quelques jours, il serait prêt à partir. Marrec et Aloda ayant proposé de faire partie du voyage, Antoine ne serait donc pas seul…

Marcel lui confia également qu'avant d'être le professeur de cette étrange classe, il avait été comme lui un petit Breton ayant eu la chance de découvrir ce nouveau monde. Puis il avait fait partie de la caste des Sensibles. Le vieil homme resta plutôt vague sur les circonstances de son accession à ce statut que seuls des Sidroc'hiens pouvaient espérer atteindre. Il préféra lui expliquer qu'il en avait été chassé par le nouveau Grand Maître quand celui-ci avait accédé au pouvoir. Le Druide lui avait donné ce titre de Gardien du Passage afin de ne pas provoquer la colère des autres Sensibles et, Antoine en était certain, afin de pouvoir le surveiller. Ne pouvant plus s'éloigner du Passage sous peine du Châtiment suprême (Antoine se doutait un peu en quoi cela consistait…), le professeur était enfermé dans une prison sans barreaux. Ces précautions prises par le Grand Maître prouvaient une chose : le Druide avait peur de Marcel. Le garçon sentait confusément que son oncle était bien plus important et plus puissant qu'il ne voulait l'avouer.

Une horloge fixée au mur de la caverne était réglée sur l'heure de Bretagne. Les mesures temporelles ne se calculant pas de la même manière à Sidroc'h, Antoine et son oncle avaient l'autorisation de rester deux heures bretonnes à étudier. La consigne avait été exigée par Dani, soucieuse de ne pas inquiéter Paul et Anna avec la disparition de leur frère. Antoine était toujours étonné par le déroulement du temps qui paraissait bondir puis traîner d'un moment à un autre. Mais cette distorsion lui permettait de mieux appréhender son nouvel environnement et d'accepter doucement l'idée que toute cette aventure n'était finalement pas un songe… Si on lui avait dit que son exil se serait passé ainsi !

Hormis ses incursions à Sidroc'h, Antoine passait des heures dans sa cache aux trésors, qui recelait toujours autant de livres passionnants. Il se rendit rapidement compte que le contenu de sa bibliothèque suivait les thèmes évoqués en cours, mais elle abritait aussi les romans et bandes dessinées qu'il adorait. Il prit donc l'habitude d'alterner les lectures : après l'effort, le réconfort !

Le garçon profita de son temps passé dans la maison de pierre pour mieux connaître son frère et sa sœur. Au fil des dernières années, il s'en était éloigné, petit à petit. Trop habitué à les prendre, au mieux, pour un public facile pour ses blagues, au pire pour des boulets sans intérêt, il sut en les observant qu'il s'était bien trompé.

Paul, petit frère plaintif et gémissant, était attentionné et sensible. Il se préoccupait plus des autres que de lui-même et avait toujours un mot gentil pour tout le monde. Véritable mélomane, il s'entraînait sur le piano de Dani et, grâce aux partitions simples qu'elle lui donnait, savait désormais jouer des petits morceaux avec un talent d'interprète qui laissait son grand frère tout ému.

Quant à Anna, qu'Antoine avait toujours prise pour un bébé, elle était indépendante et débrouillarde. Toujours prête à rendre service, la petite fille adorait aider Marcel dans son jardin. Habitué à la voir pourfendre des ennemis imaginaires avec sa binette, Antoine s'émerveillait toujours de la délicatesse de sa sœur avec les plantes si fragiles du potager…

Antoine prit l'habitude de leur raconter des histoires (vive les voyages dans un autre monde pour développer l'imagination !), de jouer avec eux et, à sa grande surprise, il aimait beaucoup cela.

Un jour, Marcel l'interrogea sur ses rencontres avec le loup et l'oiseau, qu'il identifia comme étant un merle.

— Mon grand, je crois que tu viens de te découvrir un don peu commun : celui de converser avec les animaux. C'est un don très rare qu'il te faut cultiver. Il ne s'agit pas de parler directement avec eux, ils sont bien trop fiers pour discuter avec un humain. Prends ça plutôt comme un cadeau, un message qu'ils veulent bien partager avec toi.

— Je sais que je m'entends bien avec les animaux… Regarde Joséphine, notre chatte ! Maman dit toujours que j'ai un lien spécial avec elle et, maintenant que tu me le dis, j'ai souvent l'impression qu'elle me parle. Mais pourquoi ces animaux-là ?

— Je pense également que tu as un lien étroit avec Joséphine. Mais les chats sont des animaux fiers et si tu n'es pas assez concentré, elle ne fera pas d'effort ! Prête-lui un peu plus d'attention, la prochaine fois… Pour le merle, cet oiseau se balade souvent sur les seuils de l'autre monde, ce n'est pas étonnant qu'il soit au courant de tout. Puisque tu es particulièrement réceptif aux messages des animaux, il a voulu te prévenir. Quant au louveteau, il traîne depuis un moment à la nuit tombée autour de la caverne et je crois qu'il t'aime bien !

— Hmm… Ça paraît plutôt sympa, sauf que leurs messages ne sont pas super variés, et pas super positifs non plus…

— Je t'avoue que, vu les dangers pesant de plus en plus sur Sidroc'h, je ne suis pas très surpris que les animaux veuillent te mettre en garde. Et le fait qu'ils t'aient choisi prouve bien que tu as un rôle à jouer dans cette drôle de pièce.

Sur cette phrase mystérieuse, le professeur se détourna et Antoine n'en sut pas plus. Il pressentait d'ailleurs que Marcel n'avait pas toutes les réponses à ses questions.

Antoine apprit également à mieux connaître ses nouveaux amis : les facéties de Marrec, qui ne manquait jamais une occasion de se moquer gentiment des autres mais acceptait (très !) difficilement que l'on se moquât de lui ; Aloda, si fine et menue à l'extérieur mais si forte à l'intérieur. Antoine avait conscience qu'ils lui cachaient des choses, sans doute concernant leur passé. Parfois, Marrec ne riait plus et pouvait rester les yeux dans le vague pendant de longues minutes. Quant à Aloda, elle disparaissait et réapparaissait souvent, aussi vive et discrète qu'une souris. Étant issue d'une grande famille de Druides, le garçon savait qu'elle était capable de se transformer en un animal, mais n'avait jamais osé lui demander lequel. Leur complicité était telle qu'Antoine se sentait parfois exclu de leur petit groupe : Marrec et Aloda n'avaient pas besoin de se parler pour se comprendre et leurs échanges de regards étaient parfois si intenses qu'Antoine détournait les yeux.

Un après-midi, oppressé par la petitesse de la caverne et inquiet de ne pas avoir reçu de nouvelles de ses parents la veille au soir, Antoine grimpa le sentier menant au-dehors. Ils venaient de terminer un cours d'herboristerie où il avait lamentablement échoué à fabriquer une lotion contre les morsures d'araignées. L'esprit dans les étoiles, l'imagination en surchauffe et l'intérêt au plus bas ne l'avaient pas beaucoup aidé… Le pire était qu'il savait pertinemment comment préparer ce médicament ! Mais son intérêt pour les plantes s'effilochait au fur et à mesure des heures passées enfermé. L'odeur nauséabonde qui s'échappait de sa lotion lui avait mis l'estomac à l'envers et Antoine choisit d'aller prendre un peu d'air frais.

S'aventurer trop loin de la caverne lui était déconseillé pour l'instant. « Tu n'es pas encore assez formé », lui avait dit Marcel. « Ouais. Trop nul pour me débrouiller tout seul plutôt ! » Il avait beau savoir que Aloda et Marrec avaient des années de plus que lui d'apprentissage à Sidroc'h, il ne pouvait s'empêcher de se sentir médiocre et quelconque.

Ses pas le menèrent vers une minuscule clairière qu'il avait découverte la veille. Entièrement ronde, elle était occupée en son centre par un dolmen recouvert de mousse verte et ambrée. La base du dolmen reposait au sol et il était rehaussé par une pile de gros rochers polis sur son autre extrémité. L'énorme pierre était entourée par des fleurs des champs et Antoine aimait cet apparent contraste entre la solidité minérale et la fragilité des plantes. En entrant dans la clairière, il avait eu l'impression que le dolmen flottait, soutenu par les coquelicots et les marguerites. Ne pas se fier aux apparences…

Une blague idiote lui revint à l'esprit : sa mère lui avait demandé un jour s'il savait pourquoi la mer était si forte. Antoine lui avait répondu courants, marées, tempêtes ! Mais Molène l'avait interrompu en riant : « Ben non ! C'est parce qu'elle porte les bateaux ! » Attendri par ce souvenir, le garçon se hissa sur le dolmen en cueillant un coquelicot au passage. Puis, perdu dans ses pensées qu'il laissa dériver, il se revit tout petit absorbé par un livre plus gros que lui. Ses moments préférés étaient le mercredi, lorsque sa mère l'emmenait dans sa librairie après l'école. Il se prenait pour un explorateur se perdant dans les rayons et les recoins de la boutique. Mine de rien, Molène lui glissait un indice pour le guider vers une découverte : albums, documentaires, puis romans et bandes dessinées… Quand la librairie était vide, sa mère venait s'asseoir à côté de lui et lui lisait des histoires. Ils étaient parfois si captivés que des clients devaient venir jusqu'à eux pour avoir un renseignement ! Alors Molène se levait en riant et s'éloignait non sans faire un clin d'œil complice à son fils…

Ensuite, Antoine avait grandi, avait exigé de rester à la maison plutôt que d'accompagner sa mère, et Paul puis Anna avaient pris sa place. Le garçon avait beau se dire que c'était normal, à 15 ans, de vouloir voir ses potes plutôt que de traîner dans la boutique ; ces moments lui manquaient cruellement. Il se secoua alors et décida que si… quand sa mère guérirait, il ferait un peu plus attention à ces instants privilégiés.

Soudain, un oiseau noir se posa sur son genou et se mit à le fixer. Saisi, mais commençant à s'habituer à ces rencontres mystérieuses, Antoine s'efforça de rester immobile. Le merle parut le sonder de ses yeux d'or, pencha la tête de côté et ouvrit le bec. Le garçon retint son souffle et après un temps qui lui parut infini, le volatile croassa :

— Elle ne va pas bien, dépêche-toi !

Le vieux professeur commençait à s'inquiéter du départ de son neveu, quand Antoine revint en courant, essoufflé et au bord de la panique. Sans un regard pour Marcel et ses deux amis qui le regardaient avec des yeux sombres, le garçon se campa au centre du petit lac dans une gerbe d'eau et ferma les yeux en psalmodiant :

— S'il te plaît, ramène-moi, s'il te plaît, s'il te plaît…

Puis, il disparut, englouti par le Passage.

Marcel jeta alors un œil à ses deux élèves et leur ordonna, en suivant son neveu :

— C'est l'heure, tenez-vous prêts !

CHAPITRE IX

LE DÉPART

Dani attendait Antoine et Marcel dans le bureau en se tordant les mains. Elle faisait les cent pas dans la pièce ronde et s'arrêtait parfois en soupirant pour se calmer. Quand son neveu émergea de l'escalier de pierre, tout suant et les jambes tremblantes, elle se jeta sur lui :

— Enfin ! J'ai envoyé le merle pour vous prévenir, mais il est tellement distrait que j'avais peur que…

— Qu'est-ce qui se passe ? C'est maman, c'est ça ? Elle est pas…

Incapable de terminer sa phrase, Antoine chancela et s'appuya sur le poignet solide et rassurant de son oncle, arrivé entre-temps.

— Non, mais elle ne va pas bien. Ton père vient d'appeler, il l'a conduite à l'hôpital en urgence suite à un malaise.

— Elle en a déjà fait, des malaises. Elle va reprendre des forces, hein ?

— Mon hippocampe… Là est le problème : ta mère n'y parvient plus et les médecins n'ont pas réussi à la réveiller. Elle est dans le coma…

Le poing de glace prit possession de son corps, de tout son être, et Antoine s'étonna un instant de savoir encore respirer. Puis, ce fut le vide, le néant. Il n'y eut plus rien pendant un instant. Un bruit sourd et lancinant lui parvint aux oreilles et lorsque Marcel le prit dans ses bras de géant, il se rendit compte que ce bruit étrange venait de sa gorge. Il gémissait, incapable de s'arrêter. Son oncle le berça et Dani le prit par les épaules en fredonnant, comme pour endormir un tout petit enfant.

Doucement, Antoine se redressa et, se dégageant de la poigne de Marcel, demanda :

— Les petits sont au courant ?

— Non, pas encore. Ton père ne veut pas les paniquer et préfère attendre quelques jours.

— Quelques jours… C'est tout ce qu'il me faut. Je vais avoir besoin d'une tente, d'un sac de couchage, heu… Marcel, je vais avoir besoin de quoi ?

— Ne t'inquiète pas, mon grand.

Quelques minutes plus tard, le sac de voyage était bouclé et posé au pied de l'escalier. Dani y avait ajouté une petite bourse contenant des herbes « juste au cas où ». Antoine avait embrassé Paul et Anna en inventant un mini-camp de quelques jours pour justifier son absence. Avec sa sensibilité particulière, Paul avait semblé comprendre que quelque chose de plus grave se tramait et regardait son grand frère de ses grands yeux noirs.

— Tu feras attention, hein ?

— Mais oui, mon Paulo, t'inquiète ! lui répondit Antoine avec un entrain forcé. Et puis je ne pars pas longtemps, je n'aurais pas le temps de te manquer !

— Bien sûr que si…

Le garçon attendit que son frère soit occupé avec Dani pour s'éclipser et dévala l'escalier avec son sac sur le dos. Il avait également empoigné sa veste et retrouva dans une des poches le pétale de camélia cueilli dans le jardin de la maison de pierre. Il lui semblait que cela faisait des années… S'apprêtant à le jeter, il se ravisa et le remit dans sa poche.

La marmite du Droit de passage avait toujours exhalé la même senteur depuis qu'il allait à Sidroc'h, mais ce fut différent cette fois-là. Une odeur de rouille, poisseuse, visqueuse, s'accrochait à ses narines. Elle rendait les jambes flageolantes, les pensées embrouillées, la respiration heurtée. Le poing de glace se déploya à nouveau dans son estomac et Antoine sut. Il se précipita sous la cascade et murmura :

— Peur…

Marcel l'avait précédé sans qu'il s'en rende compte (comment faisait cet homme énorme pour passer inaperçu ?) et l'attendait à l'orée du bois avec un cheval magnifique. Sa robe était brune, il était grand et délié avec des yeux clairs. Antoine, pas rassuré du tout, s'entendit dire :

— Il faut vraiment que je monte sur ce truc ? Parce que moi et les canassons, ce n'est pas une grande histoire d'amour…

— Celui-ci est spécial… Et la mer Alanis est trop éloignée pour y aller à pied. Allez, monte !

— Mais, y'a même pas de selle !

Quelques secondes plus tard, le garçon fut hissé sur le dos du cheval qui attendait patiemment. Antoine sourit à son oncle qui lui fit un clin d'œil. Après tout, voyager de cette manière était un petit sacrifice si cela pouvait aider à sauver sa mère ! La bête décolla soudain, comme obéissant à un ordre silencieux, et il n'eut d'autre choix que de s'accrocher à sa crinière pour ne pas tomber.

Le départ avait été tellement rapide qu'il se rendit soudain compte que Marrec et Aloda ne l'avaient pas accompagné ! Une voix ironique retentit alors :

— Tu croyais vraiment qu'on allait te laisser tomber ?

— Que… Marrec ? Mais t'es où ? Me dis pas dans mon sac à dos, t'es trop grand !

L'éclat de rire familier résonna :

— Ce n'est pas moi qui voyage sur toi, c'est toi qui voyages sur moi !

Le cheval ralentit, passa du galop au pas et, tournant sa large tête, regarda son cavalier. Ses yeux d'ambre le fixèrent et Antoine, manquant de tomber les fesses les premières, reconnut son ami :

— Tu es… un cheval ?

— Un kelpie serait plus exact. Et avant que tu ne te casses la figure, non, je ne mange pas de chair humaine ! Je ne mange que des légumes, mais ma préférence va vers les algues du marais où j'ai grandi.

— Je suis pote avec un kelpie végétarien… eh ben, j'aurais tout vu ! Mais tu dis que tu ne manges que des légumes. Pourquoi ? Je croyais que les kelpies raffolaient de la viande ?

— Du plus loin que je me souvienne, je suis seul. Je n'ai donc jamais appris à chasser, ni à manger de la viande. Je me suis nourri d'algues et j'ai vécu grâce à elles. Plus tard, quand j'ai su ce que j'étais, j'avais déjà comme amis Aloda et ton oncle. Il était donc impensable de les mettre au menu !

— Tu as grandi seul… Tu n'as jamais connu tes parents ?

— Non. Les kelpies sont craints et pourchassés partout à Sidroc'h à cause de cette histoire de chair humaine. Ils ont disparu peu après ma naissance. J'imagine que mes parents ont réussi à me cacher avant de mourir.

Les côtes de Marrec se soulevèrent et il poussa un gros soupir.

— Mais c'est du passé tout ça! Ta mère est bien vivante et on va la sauver!

— J'aimerais bien que tu la rencontres... quand elle ira mieux.

— Tu sais bien qu'il est très compliqué pour nous d'aller chez toi, mais je te remercie, mon ami.

Une voix pépia alors dans les oreilles d'Antoine alors qu'un joli oiseau brun se perchait sur son épaule.

— Eh, les garçons, trêve de sentimentalisme! On est là pour une mission de sauvetage. Au galop, Marrec!

Antoine sourit:

— Alors comme ça, tu te transformes en alouette! Pas mal pour espionner les autres!

Et tandis que Aloda lui assénait un petit coup de bec sur la joue, le rire moqueur de Marrec résonna une fois de plus.

Le paysage défila toute la journée sous les yeux d'Antoine: les bois étaient assez sombres, éclairés de temps en temps par une trouée dans les branches qui permettait au soleil de passer. Le garçon surprenait des racines hautes et couvertes de mousse, des branches aussi grosses que des troncs, et des troncs épais comme des tours. Il n'y avait pas de chemin et Marrec devait sans cesse louvoyer entre les arbres, montant et descendant au gré des vallées qui se succédaient. Le bruit de ses sabots était étouffé par un tapis épais de feuilles mortes qui voltigeaient sur leur passage. Dans la lumière, elles prenaient des reflets chocolat, orange, voire écarlates, et tournoyaient comme des danseuses. Se tordant le cou, Antoine aperçut les cimes des arbres, hautes, très hautes, formant un ciel de toutes les nuances de vert. Rêveur, le garçon se dit que son petit frère aurait aimé cette forêt, lui qui adorait discuter avec les arbres !

Il était tard lorsque les amis s'arrêtèrent pour se reposer. Marrec se figea soudain, décrétant que cela suffisait pour aujourd'hui. Ses flancs frémissants et trempés de sueur montraient l'effort qu'il avait dû fournir pour arriver aussi loin.

Antoine était rompu ; peu habitué à monter à cheval (ou à kelpie…), il souffrait de courbatures et découvrait des muscles dont il ne soupçonnait même pas l'existence ! Le garçon se défit de son sac à dos en grimaçant et regarda autour de lui. Marrec les avait amenés jusqu'à une petite hauteur entourée de rochers. Le sol herbeux paraissait accueillant et la position élevée de leur campement de fortune leur éviterait d'éventuelles mauvaises surprises. Les rochers étaient hauts et gris, posés en cercle un peu trop parfait pour être naturel. Mais Antoine, en bon Breton, était habitué à ces dispositions mystérieuses de pierres et ne s'en formalisa pas. Plus loin, on percevait le chant clair d'une rivière. Marrec se laissa glisser sur les feuilles pour atteindre l'eau et disparut aux yeux de son compagnon. Aloda franchit le cercle de pierres sous sa forme humaine, aussi fraîche qu'une noisette à peine cueillie, et expliqua à Antoine :

— Marrec passe rarement autant de temps sous sa forme animale. Trop… reconnaissable. L'eau lui permet de reprendre des forces et il mange les algues qui poussent dans les profondeurs. Il va se purifier, se nourrir, et revenir !

Effectivement, leur ami les rejoignit quelques minutes plus tard, fatigué mais souriant. Aloda et Antoine avaient eu le temps de grignoter pendant son absence et les trois compagnons se traînèrent jusqu'à leur lit de fortune.

Le garçon avait décidé de prendre le premier tour de garde et s'adossa à un rocher dont la mousse lui parut accueillante. La nuit était douce et fraîche, juste assez pour piquer les joues et le nez et aider les guetteurs amateurs à rester éveillés… La mousse sur les arbres avait pris une teinte argentée et les troncs étaient gris sombre. Antoine se doutait qu'il ne pourrait dormir tout de suite et profita de ce moment d'intimité pour réfléchir à ces quelques heures trépidantes. Après l'annonce

de l'aggravation de la maladie de sa mère, les choses s'étaient tellement précipitées qu'il avait l'impression qu'une semaine entière s'était écoulée.

Il sortit alors une montre que lui avait confié Dani avant qu'il ne parte : « Tu sauras ainsi le temps qui passe et le temps qu'il te reste. Elle pourra t'être utile dans les moments clés. Rassure-toi, elle est insubmersible ! » avait conclu sa tante en souriant. Antoine n'avait pas l'intention de se baigner dans la mer Alanis, mais s'il n'avait pas le choix, son précieux cadeau pourrait le suivre… Comme la plupart des objets chez Dani et Marcel, la montre paraissait très ancienne. Ronde et argentée, elle était gravée à l'arrière de symboles étranges, ressemblant à des spirales ou des escargots. Quelques mots ornaient un couvercle qui protégeait le cadran : « *Pour Ondine. À toi mon aimée, tu es mienne, depuis le commencement jusqu'à la fin.* » Un peu possessif, l'amoureux ! Antoine ne savait pas comment la fameuse Ondine avait reçu le message, mais il était un peu extrême à son goût… Le garçon rattacha la chaîne d'argent à la boucle de sa ceinture et rangea la montre dans la poche de son jean. Huit heures s'étaient écoulées en Bretagne depuis leur départ…

Le reste de sa garde fut tranquille et monotone. Quelques chauves-souris passèrent près de lui en chassant, le faisant sursauter et sortir de sa somnolence.

À plusieurs reprises, Antoine perçut une ombre frôlant les buissons alentour. Mince et agile, elle faisait frissonner les feuilles puis se laissait engloutir par la nuit. Le garçon resta tranquille, le plus immobile possible, mais se tendit vers l'avant. Il était certain que le jeune loup les avait suivis. Il ne savait dire pourquoi, mais il ressentait la présence de l'animal comme s'il avait été couché contre lui. Préférant garder le silence pour ne pas réveiller ses amis, Antoine ferma sa bouche et ouvrit grand les yeux. L'ombre ne partait jamais loin et, en se concentrant sur sa silhouette mouvante, le garçon comprit que le loup tournait régulièrement autour du campement : il montait la garde, lui aussi ! Tout à fait rassuré, Antoine s'appuya à nouveau contre la pierre moussue ; le loup se montrerait quand il serait prêt. Après tout, ils avaient encore une longue journée de voyage devant eux et une nuit de garde pour s'apprivoiser !

Lorsque Aloda vint prendre sa place, le garçon s'allongea avec un soupir dans son sac de couchage et s'endormit aussitôt.

CHAPITRE X

PREMIER COMBAT

Le lendemain, Aloda reprit sa forme d'alouette et annonça aux garçons qu'elle partait en reconnaissance avant leur départ. Mais à peine avait-elle disparu derrière les arbres que Marrec bondit sur ses pieds et s'approcha d'Antoine :

— Tu entends ?

— Quoi ?

— Rien, justement…

Effectivement, le silence était tellement profond qu'il semblait hurler aux oreilles des garçons. Plus de chant d'oiseau, plus de froissement de feuilles, plus de vent dans les arbres. Antoine s'efforçait de percer l'obscurité sous les buissons proches et Marrec semblait fusiller les alentours de ses yeux d'ambre. Le silence s'épaissit encore, rampant et collant. Antoine se rendit compte qu'il avait arrêté de respirer et s'apprêtait à reprendre son souffle quand l'alouette sortit des fourrés, les faisant sursauter :

— Les garçons, c'est bizarre, je sens une présence mais je ne la vois pas. Je vais remonter près des cimes pour avoir une vue plus large.

Joignant le geste au pépiement, Aloda battit des ailes et s'approcha du sommet d'un grand hêtre.

— Je ne vois rien pour l'instant… Ah si ! attendez… Non !…

Son cri fut interrompu par un « poc » retentissant. L'alouette, frappée de plein fouet par un projectile, tomba comme une pierre. Les garçons, d'abord tétanisés par la succession des événements, se précipitèrent vers le hêtre. Avec ses grandes jambes, Marrec dépassa rapidement son ami et déboucha sur une minuscule clairière. Haletant, Antoine le suivait tant bien que mal quand soudain, il fut percuté par une masse gémissante et tomba à terre. Sa tête heurta un objet qu'il prit pour un rocher, mais en le regardant aussi attentivement que possible, malgré ses lunettes de travers, le garçon reconnu… la chaussure de Marrec ! Son ami gisait par terre, sonné. Dans la clairière, les arbres vacillaient et se tordaient comme de simples roseaux. Des grognements et des rugissements de colère s'en échappaient, et la puanteur qui arrivait par vagues devenait quasiment insupportable. Tiraillé entre le désir de venir en aide à Aloda, la crainte de laisser Marrec seul, et la frayeur de devoir affronter le monstre qui hantait la forêt, Antoine se leva, chancelant et indécis. Puis il prit son courage à deux mains et commença à s'avancer vers la tempête. La main de Marrec lui saisit alors la cheville et il souffla :

— Attention au troll…

— Manquait plus que ça !

Antoine se faufila derrière des fourrés opportunément placés sur son chemin. En regardant à travers les feuilles, il vit un spectacle fascinant et… ahurissant ! Un troll immense armé d'une fronde, haut comme un sapin de bonne dimension, avec des mains énormes de la taille de sa petite sœur Anna, était planté devant Aloda. Celle-ci avait toujours sa forme animale et gisait sur un rocher. Du sang avait coagulé sur son aile dont l'aspect était inquiétant. L'alouette n'avait toujours pas repris connaissance et de sa place, Antoine ne pouvait voir si elle respirait. Oubliant sa peur, il fit quelques pas en direction de son amie pour essayer de lui venir en aide. Mais c'était sans compter sur le troll ! Un rugissement jaillit de sa bouche et il se précipita vers le garçon. Ses pieds nus faisaient vibrer le sol et Antoine eut l'impression qu'un cyclone lui fonçait droit dessus. Comme au ralenti, il vit le monstre prendre son élan et fermer son poing pour le frapper. Incapable de s'enfuir, il demeura tétanisé, les pieds enracinés dans l'herbe. Puis, tout à coup, ses jambes cédèrent sous son poids et il s'écroula comme une poupée de chiffon. Juste à temps ! Le poing monumental l'effleura, ne percutant que du vent. Le troll, déséquilibré, fit un tour sur lui-même, puis demeura quelques instants à regarder son poing les yeux ronds. S'il n'avait pas été aussi effrayé, Antoine aurait éclaté de rire devant le ridicule de la situation. Mais le géant ne lui en laissa pas le temps. Comprenant qu'il avait raté sa proie, il envoya son autre poing pour le percuter de nouveau. Le garçon l'évita de justesse en roulant sur le sol. Un autre, puis un autre encore. Les poings pilonnaient la clairière comme un marteau-piqueur. Antoine parvenait à les esquiver car le troll ne visait pas très bien, mais ses échecs répétés le rendaient de plus en plus enragé et imprévisible. Ce petit feu follet insaisissable le désorientait et, n'arrivant pas à prendre le dessus, il utilisait désormais ses pieds pour tenter d'écraser son adversaire.

Antoine commençait à fatiguer, ses gestes étaient plus lents, et une ou deux fois déjà, il avait senti l'énorme poing du troll lui frôler le corps. Soudain, avec un hurlement vengeur, Marrec se jeta entre son ami et le monstre. Sa souplesse lui permettait de se mettre à distance des coups du troll et ses cris incessants excitaient son adversaire qui n'avait d'yeux que pour lui.

Profitant de cette diversion, le garçon tenta le tout pour le tout : il courut vers le rocher pour s'emparer d'Aloda et la mettre en lieu sûr. Mais le troll, l'ayant suivi du regard, fit un écart et le poussa si fort qu'Antoine eut l'impression de heurter un mur. Il roula jusqu'à la lisière de la clairière et resta allongé, pantelant et perclus de douleurs. Se rasseyant avec difficulté, il suivit quelques instants le manège de Marrec. Son ami excitait toujours le monstre, cherchant à s'approcher du rocher où gisait toujours leur amie. Il avait oublié sa hache au campement et était mains nues. Antoine fut tenté d'aller la chercher mais elle était trop lourde pour lui et, de toute façon, il n'était même pas sûr que l'arme puisse leur être utile face à ce taureau furieux. Le troll continuait à suivre chacun des mouvements de Marrec et gardait l'alouette hors d'atteinte.

Ne comprenant rien à ce ballet étrange, Antoine eut soudain une illumination. Il siffla afin d'attirer l'attention de son ami et lui fit signe de le rejoindre. Furibond, Marrec refusa tout d'abord d'obéir, puis obtempéra à regret.

— Mais, ça va pas de m'appeler comme ça ? Tu veux que le troll nous gobe et déguste Aloda en dessert ? En plus, je l'avais presque rejointe !

— Ouais, l'année prochaine... Regarde, il ne te poursuit même pas!

En effet, le troll avait complètement changé d'attitude et était retourné auprès du rocher. Il se tenait la tête entre les mains, n'était plus du tout agressif et semblait plutôt indécis et tourmenté. En l'observant de plus près, Antoine s'aperçut qu'en dehors de son physique trollien, son aspect était misérable. Ses vêtements sales et troués ne tenaient plus que par des bouts de ficelles et un assemblage improbable. Il avait de nombreuses ecchymoses et paraissait brûlé à certains endroits de son corps massif. Ses cheveux épais étaient poisseux, ses ongles cassés, et il ne portait pas de chaussures.

Intrigué par le silence d'Antoine, Marrec se mit à observer le monstre qui n'avait plus l'air d'en être un.

— C'est quand même étrange... Ce jeune idiot est mal nourri, il n'a que des hardes pour s'habiller. Il a l'air plus perdu que combatif et, depuis que je suis sorti de son champ de vision, il reste planté près d'Aloda comme s'il montait la garde!

— C'est ça! T'as raison, mon pote! Je crois qu'il ne lui veut aucun mal. D'ailleurs, s'il l'avait voulu, il aurait eu l'occasion de le faire depuis longtemps... Il ne l'attaque pas parce qu'il la défend!

— Quoi?

— Je pense qu'il la protège! Il a dû lancer le caillou, pensant chasser un véritable oiseau, avant de se rendre compte que c'était une Druidesse transformée en alouette ! Tu te rappelles le cours de sociologie ? « Les Druides transformés ont cela de différent des vrais animaux qu'ils possèdent tous une tache argentée sur le haut de leur tête… » Cette phrase est imbuvable, mais elle explique tout ! Quand il nous a vus débouler, il a paniqué et a cherché à protéger la blessée ! Il ne doit pas être si méchant que ça, ce grand dadais. En tout cas, le troll ne sait plus quoi faire, il a peur d'avoir blessé gravement une Druidesse et de se retrouver transformé en champignon ou en cloporte ! À choisir, je préfère le champignon…

— Antoine, tu es conscient que les Druides ne savent pas changer d'aussi grosses créatures en insectes ?

— Pas faux… Mais tu as compris mon raisonnement ?

— Oui, et j'avoue qu'il se tient. Les trolls sont des idiots, mais ils ne sont pas méchants. Je m'étonne qu'il ne se soit pas enfui, tout simplement.

Les deux garçons reportèrent leur attention sur le sujet de leur conversation, qui s'était accroupi près d'Aloda. Cherchant à caresser maladroitement l'oiseau, le troll était presque touchant maintenant. Il semblait marmonner et passa une main sur sa nuque, la dénudant un bref instant. Un collier de fer, épais et formé d'un seul tenant, enserrait son cou. Les marques rouges et la peau abîmée autour de l'objet montraient que ce collier n'était pas vraiment un accessoire de mode… À sa vue, Marrec pâlit et sa voix chargée d'une rage froide feula :

— C'est un esclave…

Abasourdi, Antoine n'osa poser les millions de questions qui dansaient dans sa tête. Marrec, maintenant tendu comme un arc, lui murmura :

— Il faut qu'on aille le voir. En lui expliquant que Aloda est notre amie, que nous voulons seulement lui venir en aide et qu'elle ne lui fera pas de mal pour se venger, je pense qu'il nous écoutera.

— Et s'il ne nous écoute pas ? Il est un peu plus fort que nous, quand même…

— Contrairement à ce que l'on pourrait penser, c'est juste un gamin perdu, Antoine ! Il n'a même pas de barbe, il doit avoir seulement 100 ou 120 ans…

— Il y a deux minutes, il fallait l'éviter comme la peste, et là tu veux aller… discuter avec lui ?

— Tu ne comprends pas… Si c'est réellement un esclave, il n'a sûrement pas choisi de faire du mal à Aloda et, plus important encore : son maître n'est pas loin !

Marrec se redressa sans plus attendre et avança doucement vers le centre de la clairière. Le troll, voyant à nouveau son ennemi, se posta entre l'oiseau et les intrus et se mit à gronder. Antoine ne put s'empêcher de sourire : on aurait dit un molosse gardant son petit maître… Il suivit son ami et, plus il approchait, plus l'aspect de l'esclave lui serrait le cœur. Les blessures étaient innombrables, certaines paraissant très anciennes et d'autres plus récentes. Ses chevilles portaient des traces de fers, elles aussi. Marrec s'arrêta à quelques mètres du rocher et s'adressa au troll d'une voix douce :

— Bonjour, troll. Je m'appelle Marrec et lui, c'est Antoine. Nous ne te voulons aucun mal et…

Les mots suivants furent noyés par un rugissement furieux. Le troll commençait à s'avancer, menaçant, quand Antoine eut une idée :

— Nous sommes les amis de la Druidesse et nous aussi, nous sommes des bannis !

Stupéfait, le troll cessa sa course. Après quelques instants, il demanda d'une voix étonnamment claire :

— Vous connaissez la Druidesse ? Je l'ai blessée, je ne voulais pas, je ne l'ai pas fait exprès, mais j'ai faim, et je l'ai vue, et j'ai tiré, et il ne va pas être content, pas content du tout…

À nouveau, il se prit la tête à deux mains et s'accroupit, image vivante du désespoir. Ne supportant plus sa souffrance, Antoine s'approcha et posa une main minuscule sur ce bras énorme :

— Comment tu t'appelles ?

— Declan…

— Declan. Je suis désolé de ce qui t'arrive. Mon ami Marrec va aller te chercher à manger et moi, je vais examiner l'oiseau qui s'appelle Aloda. OK ?

— D'accord…

CHAPITRE XI

DECLAN

Soulagé, Antoine se précipita vers le rocher où gisait toujours l'alouette. Il se pencha vers elle. Elle respirait faiblement et était inconsciente. Avec un gros soupir, le garçon se rendit compte que son aile n'était pas cassée, seulement tordue et souillée du sang de sa blessure à la tête. En la caressant doucement et en tentant de remettre ses plumes en place, il chuchota :

— Réveille-toi, s'il te plaît, Aloda ! Je n'ai pas trop envie que ce grand dadais change d'avis…

L'alouette était glacée malgré les rayons du soleil qui perçaient à travers le feuillage. Alors, Antoine la prit dans ses mains en veillant à ce que Declan, très occupé à dévorer la nourriture apportée par Marrec, ne le voie pas. Il souffla un air chaud sur sa tête minuscule, puis sur son dos. Le garçon put ainsi observer son amie sous sa forme animale. Son bec était mince et effilé et ses plumes d'une jolie couleur brune avec des reflets blancs, noirs et même verts. La couleur des noisetiers, la couleur de ses cheveux… Avec émotion, il se souvint que sa mère lui soufflait sur les mains et dans le cou pour le réchauffer quand il était plus petit. Fermant les yeux, il s'abandonna à sa tâche et petit à petit, son amie se réchauffa. Tout à coup, un pépiement tinta dans son oreille :

— Tu me chatouilles !

Antoine fut si surpris qu'il faillit lâcher l'alouette. Puis, reprenant pied avec la réalité, il lui enjoignit de se transformer vite, très vite… Aloda jeta un œil encore vitreux sur le troll qui se léchait les doigts et Antoine la supplia :

— Il faut que tu te réveilles, Aloda. Declan est calme mais je ne suis pas sûr que ça dure. On a besoin de toi !

— Je suppose que Declan est son prénom ?

— Oui…

— Ma blessure, est-ce que je saigne ?

— Tu ne saignes plus, je pense que la blessure est refermée, mais tu as du sang séché partout.

— Bien. Emmène-moi près de la rivière, je vais essayer de me transformer et d'enlever les traces de sang.

— Heu… tu es sûre que c'est la priorité ? Parce qu'on a un troll affamé sur les bras dont le maître ne doit pas être loin !

— Je te rappelle que notre ami est un kelpie qui se nourrit traditionnellement de chair humaine et qui est donc plutôt sensible à tout ce qui y ressemble, de près ou de loin ! Je sais qu'il est végétarien, mais Marcel m'a toujours dit de ne pas tenter sa vraie nature…

— OK, c'est un bon argument. Tu veux que je fasse le taxi ?

Sans plus attendre, Antoine s'éloigna en direction de la rivière qu'il entendait un peu plus loin. En se retournant, le garçon lança un clin d'œil à Marrec. Son ami lui paraissait plus grand et… plus inquiétant aussi.

En arrivant au bord de l'eau, Aloda sautilla sur les petits galets pour s'en approcher. Avec son plumage souillé et son aile de travers, elle avait un air misérable et pourtant, Antoine n'osait lui proposer son aide. Elle était si digne malgré son apparence ébouriffée et sanguinolente qu'il se sentait tout petit… Alors, il s'assit à ses côtés, bien décidé à ce qu'il ne lui arrive rien. En prenant une grosse inspiration, Aloda se transforma à nouveau en jeune fille. Antoine, qui avait fermé à demi les yeux en craignant que son amie n'apparaisse en tenue très légère, fut rassuré quand il vit qu'elle portait des vêtements bien humains ! La jeune fille se rinça longuement dans la rivière, en prenant soin de ne pas garder de traces de sang. Elle remit la capuche de sa cape sur ses beaux cheveux et vérifia que sa dague était bien accrochée à sa ceinture. Elle se retournait avec un sourire quand un sifflement perçant les fit sursauter.

— C'est Marrec, il a besoin d'aide !

Tous deux filèrent vers la clairière en évitant les racines des arbres centenaires. Essoufflés, ils se postèrent de chaque côté de Marrec qui se tenait, tendu comme un arc, en face de Declan. Le troll était accroupi, la tête baissée, et grondait doucement.

Un nabot répugnant siégeait, assis comme un prince, sur un des pieds de Declan. Un sourire moqueur et mauvais déformait son visage. De longs cheveux noirs et broussailleux encadraient des yeux rusés, un menton en galoche et un nez crochu. Ses oreilles pointues s'orientaient vers les bruits alentour et approfondissaient le malaise que ressentaient les amis en l'observant. Le korrigan, car c'en était un, avait des jambes poilues et des sabots de chèvre qui étaient plantés fermement dans le pied du pauvre troll. Antoine était persuadé que celui-ci devait souffrir, mais Declan ne réagissait plus, comme anesthésié. Marrec paraissait se retenir à grand-peine de sauter sur la créature, il feulait et ses mains se serraient convulsivement. Sa silhouette se déformait régulièrement et devenait floue alors qu'une ombre de cheval transparaissait à ses pieds. Antoine comprit ce qui mettait son ami dans cet état : une large chaîne qui partait du collier du troll était négligemment posée sur les sabots du korrigan. Ce nabot était le maître dont le géant avait si peur ! Abasourdi, le garçon ne parvenait pas à saisir pourquoi Declan n'envoyait pas cet avorton et son sourire abominable dans le décor. Mais au moment où il se décida à briser le silence oppressant pour encourager le troll, Aloda prit la situation en main.

Elle posa tout d'abord sa main sur le bras de Marrec, qui se calma avec un profond soupir. Sa silhouette redevint nette et l'ombre chevaline disparut. Puis elle lança un regard d'avertissement à Antoine : ses yeux étaient si limpides qu'elle n'aurait pas été plus claire en lui hurlant de se taire…

Une voix grinçante perça le silence :

— Drôle d'assemblage que vous formez là ! Un kelpie vivant, mais qui ne sait pas tenir ses nerfs, une fillette presque aussi grande que moi. Et toi… Tu es plus intéressant…

Le korrigan se dressa sur ses sabots, entaillant la plante du pied de Declan qui grimaça, et se mit à renifler comme un chien de chasse sur la piste d'une proie. Il sauta à terre et, forçant le troll à le suivre, se mit à faire les cent pas.

— Très intéressant… Tu es si jeune et si faible. Et pourtant, je ressens quelque chose de spécial chez toi. Quelque chose qui ne m'est pas inconnu.

Reniflant à nouveau, il se rapprocha insensiblement d'Antoine, qu'il fixait de son regard cynique. Le garçon aurait voulu s'arracher à ce manège, il sentait que les paroles du korrigan étaient semblables à du venin qui l'empoisonnait et embrouillait son esprit. C'était plus fort que lui, il voulait en savoir plus. Aloda était aussi confuse et immobile que lui, mais le garçon perçut un mouvement lent : Marrec reculait doucement, très doucement, jusqu'à la lisière des bois. Le korrigan le laissa aller, focalisé sur sa nouvelle proie.

— Très intéressant… J'ai croisé tellement d'êtres vivants pendant ma longue vie. Des gens de pouvoir, des créatures insignifiantes… Toi, tu es lié à quelqu'un d'important, de dangereux, de puissant. Tu as la même énergie que lui. Je ne l'ai rencontré qu'une seule fois, il y a déjà très longtemps. Ce visage est encore flou mais bientôt il deviendra clair et tu seras à moi mon petit, à moi…

Ces yeux fixes et profonds, cette voix onctueuse et pourtant si grinçante… Antoine avait désormais beaucoup de mal à garder les yeux ouverts. Il se sentait pris au piège sans pouvoir bouger. Il avait l'impression de se noyer. Était-ce ainsi que Declan, malgré sa force herculéenne, était devenu l'esclave de ce serpent ? Il fallait qu'il bouge, il fallait qu'il bouge…

Soudain, un cinglement fendit l'air et le korrigan poussa un cri aigu, puis un autre. Antoine sortit de sa léthargie comme par magie et vit le nabot se faire frapper par Marrec, qui l'accablait de coups répétés. Son arme était une simple branche ornée de petites fleurs jaunes. Une phrase du cours de botanique revint alors à sa mémoire : « Le korrigan est un vicieux. Pour le chasser, un rameau de genêt ne vaut pas mieux ! »

— Génial ! Vas-y Marrec, fouette-le, cet embouché !

Et Marrec fouettait, fouettait… Le korrigan hurlait à chaque coup le marquant d'une traînée rouge, et commençait à faiblir. Ses sabots dérapaient sur l'herbe tendre, il protégeait son visage avec ses bras velus. En vain. Marrec semblait ne jamais vouloir s'arrêter et Antoine passa de l'euphorie au malaise. Son ami avait le visage fermé et froid comme un masque. Son esprit était lointain, inaccessible. Il semblait frapper comme s'il vomissait une rage emprisonnée depuis des années. Ses coups étaient tellement puissants et passionnés qu'Antoine ne comprenait pas comment le korrigan était encore debout. Atterré, il se rendit compte que des larmes roulaient le long des joues de son ami. Aloda, qui avait eu plus de mal que le garçon à se défaire de l'enchantement, se redressa soudain et hurla de sa voix claire :

— Assez !

Le silence se fit à nouveau.

Aloda se tenait, majestueuse, au milieu de la clairière. Elle avait rejeté sa capuche sur son dos et sa natte épaisse brillait au soleil. En la voyant, le korrigan poussa un grincement aigu et s'agenouilla tant bien que mal. Il baissa la tête en signe de soumission et murmura :

— Ma Reine.

L'ignorant superbement, Aloda s'approcha de Marrec. Les yeux clos, le souffle court, le kelpie faisait pitié. Quand elle fut près de lui, Marrec ouvrit les yeux et sembla s'éveiller d'un long cauchemar. Il fixa le korrigan d'un air affolé et voyant qu'il était vivant, s'écroula à genoux dans l'herbe. Antoine se précipita et l'aida à se redresser. Se faisant, il surprit Aloda qui répétait doucement :

— Ce n'est pas lui, pour tes parents…

Elle se tourna vers le korrigan qui se recroquevilla sous son regard :

— Créature ! Tu as gravement enfreint les lois de Sidroc'h ! Pour esclavage, violences, manipulations et tentative d'enchantement sur une Druidesse, je te condamne à l'exil !

Couinant comme une souris affolée, le korrigan se roula par terre, cachant son sinistre visage dans ses mains en pleurant bruyamment. Mais Antoine, qui était tout proche du nabot, s'aperçut qu'aucune larme ne coulait sur ses joues et que ses yeux devenaient à nouveau fixes et froids. Devinant ce qui allait suivre, le garçon emprunta la branche de genêt que Marrec tenait toujours serrée dans sa main et l'agita devant le perfide.

— Ça te tente, une nouvelle séance de dressage ? Pas facile de se retrouver à la mauvaise place !

Pourtant, le korrigan ne s'avoua pas vaincu si facilement. Il se releva droit dans ses sabots et, avec sa face grimaçante percée de deux billes noires, il claironna :

— Vous êtes à moi ! Et toi, la Druidesse, je te ferai regretter ton jugem…

Il n'eut pas le temps de terminer sa phrase. Une main énorme s'enroula autour de lui et le serra si fort que des craquements secs se firent entendre. Declan porta son tortionnaire devant son visage et Antoine vit pour la première fois que le troll avait des yeux bleus magnifiques. Ces yeux si purs et si naïfs se plissèrent et le géant grogna :

— Méchant maître ne fera pas de mal à l'alouette !

Dans un lancer digne des Jeux olympiques, il projeta le korrigan loin par-dessus les arbres. Si loin que seul le chant des oiseaux lui répondit et que nul n'entendit la chute de l'ancien trafiquant d'esclaves. Declan tourna ses si beaux yeux vers Aloda, qui le rassura :

— Tu t'es défendu Declan, personne ne t'en voudra pour cela. Je suis étonnée que tu ne l'aies pas envoyé voler avant !

— Mon maître me tenait avec ses yeux…

— Ce n'est plus ton maître car tu n'es plus un esclave.

Joignant le geste à la parole, Aloda fit glisser le lourd collier de métal et le détacha du cou du troll. En tombant sur le sol, il fit un drôle de petit cliquetis et ne fut plus qu'un bout de ferraille inoffensif. Souriant pour la première fois depuis longtemps, Marrec fit un clin d'œil à Declan. Il empoigna le collier, le fit tournoyer et le lança au loin. Le troll lui sourit à son tour :

— J'ai gagné !

— Au concours de lancer, tu es le meilleur, je te le concède. Par contre, question hygiène, il va falloir faire des efforts mon ami... Tu es déjà quasiment disqualifié ! Je t'emmène remonter un peu ta moyenne.

Le kelpie et le troll s'éloignèrent bientôt vers la rivière. Cela ne dérangea pas du tout Declan de voir Marrec se transformer en cheval noir et se glisser dans l'eau. Après tout, il n'allait pas faire le difficile sur l'identité de ses sauveurs...

CHAPITRE XII

HISTOIRES D'ENFANCE

Antoine se retrouva seul avec Aloda. Intimidé, il ravala ses questions et entreprit de collecter une montagne de brindilles pour faire du feu. Le volume du tas de bois augmentait en même temps que celui de son angoisse : ils avaient perdu beaucoup de temps… Le garçon n'osait sortir sa montre de peur de froisser son amie, mais il ne pouvait s'empêcher de se demander combien d'heures étaient passées en Bretagne. Vingt ? Vingt-quatre heures ? Peut-être trente ? Il lui avait semblé que quelques minutes seulement s'étaient écoulées depuis leur rencontre avec le troll, mais le soleil disparaissait déjà derrière les plus hautes cimes des arbres.

De plus en plus tourmenté, Antoine renonça à son échafaudage et sortit sa montre. Comptant nerveusement sur ses doigts, il soupira profondément : vingt heures… Cela aurait pu être bien pire. Ils pourraient peut-être avancer un peu avant la nuit ? Désireux de partager son idée, il se tourna vers Aloda. Elle aussi était de toute évidence très anxieuse : elle était si perdue dans ses pensées que l'eau qu'elle versait dans une petite marmite débordait et menaçait de tremper le bas de sa robe. Le garçon s'avança et lui prit doucement le pot des mains, la faisant sursauter.

— Tu veux inonder la prairie ?

Pour une fois, Aloda ne rit pas de ses pitreries. Au contraire, elle s'assit dans l'herbe et, sans prêter aucune attention à l'humidité qui auréolait ses vêtements, joua nerveusement avec l'ourlet de sa robe.

— Je ne suis pas rassurée, Antoine. Pas rassurée du tout. Notre petite aventure n'est pas passée inaperçue, tu peux en être certain. Te souviens-tu quand je te disais que les Druides, en se transformant en animaux, pouvaient espionner les environs sans difficultés ? Je pense que votre affrontement avec Declan ainsi que la mort de cet ignoble korrigan seront rapportés. Le problème est que notre mission exige de la discrétion : aider les humains n'est pas vraiment dans les habitudes des Sidroc'hiens et encore moins dans celles du Grand Maître. De plus, j'ai peur que le Conseil des Druides nous mette des bâtons dans les roues s'il devine le but de notre voyage…

— Mais on ne fait rien de mal ! On veut juste sauver ma mère ! Ce n'est pas une Sidroc'hienne, mais elle est de la famille de Marcel qui en est quasiment un ! Et… oh non…

Avant même de finir sa phrase, Antoine perçut la faille dans son raisonnement : Marcel étant un banni, aider quelqu'un de sa famille ne serait pas forcément la priorité des Druides…

— Pire encore ! soupira Aloda qui semblait avoir suivi le fil des pensées de son ami. Marcel est toléré dans la caverne car il est le Gardien du Passage. Mais il ne faut surtout pas qu'il attire l'attention sur lui, cela pourrait mettre un terme aux conditions de son exil et dès lors, il serait en grand danger.

Antoine se redressa, à nouveau en alerte, et regarda autour de lui. Il s'imaginait un Druide dans chaque animal aperçu aux abords de la clairière : l'abeille butinant le buisson de genêts, l'écureuil sautant de branche en branche… Chacun semblait le regarder d'un air suspicieux, n'attendant qu'une erreur pour les trahir, lui et son oncle. Même la forêt paraissait plus sombre et le vent plus froid. Le garçon, sentant un frisson parcourir sa nuque, se pencha vers sa compagne pour trouver du réconfort, mais la jeune fille perdue dans ses pensées ne réagit pas.

Alors, Antoine se secoua et s'efforça de chasser ses angoisses. Rien n'était arrivé depuis que Declan s'était libéré de façon si spectaculaire. Peut-être que les espions étaient occupés ailleurs ? S'accrochant à ce mince espoir, le garçon lança :

— Je leur souhaite bien du courage s'ils veulent s'attaquer à mon oncle. Il est fort comme un ours et s'il n'arrive pas à les faire fuir avec ses poings, un cours d'herboristerie suffira !

Persuadé que sa blague (bien faible, il fallait l'avouer) ferait un flop, Antoine attendit la réaction d'Aloda. Un fin sourire apparut sur les lèvres de la jeune fille.

— L'humour comme arme… Ça fait du bien, tu sais ? Marrec se prend tellement au sérieux parfois ! Antoine, pourrais-tu me dire ce qui s'est passé après mon accident ? C'est très perturbant d'avoir raté ce pan de notre aventure !

Prêt à tout pour effacer la confusion du visage d'Aloda et galvanisé par son compliment, Antoine se lança dans une version (très !) personnelle de l'épisode :

— C'est Declan qui t'a assommée. Au fond, je pense qu'il est plutôt très gentil, mais c'est… c'était un esclave, comme tu l'as remarqué, et il mourait de faim. Quand il s'est rendu compte que tu étais une Druidesse, il a paniqué et quand il nous a vus débouler, ça a été encore pire. Je te passe les détails, mais Declan était plus rapide que je ne le pensais et… j'ai décidé de prendre du recul. En l'observant, je me suis rendu compte qu'il ne cherchait pas à attaquer Marrec, il cherchait à te défendre ! Je l'ai expliqué à Marrec et c'est là qu'on a compris que c'était un esclave. Tu as vu dans quel état il est ? C'est lamentable de faire des choses pareilles à un être presque humain ! Il est abîmé de partout, je n'imagine même pas ce qu'il a dû subir ! Enfin, bref, Marrec a décidé de lui parler. Évidemment, Declan a voulu te défendre et on a failli s'envoler tellement il hurlait fort ! Et puis j'ai eu une intuition géniale : je lui ai dit qu'on était tes amis, que tu ne lui ferais pas de mal et qu'on était des bannis. Et voilà, dans la poche, le grand dadais ! Après, tu t'es réveillée, on a fait la connaissance de notre grand ami le korrigan, qui semblait bien te connaître, d'ailleurs…

— Il ne me connaissait pas… Enfin, pas vraiment. Il connaissait mes cheveux, avoua Aloda en défaisant sa longue natte. Tu as dû remarquer que mes cheveux ont une couleur particulière ? Je ne t'ai pas tout dit concernant mes origines : je faisais partie d'une des plus grandes familles de Druides, les Lugannan. Nous étions très puissants, voire tout-puissants dans cette région de Sémilor. Les Lugannan avaient tous des cheveux de cette couleur bizarre, qui nous différenciaient et surtout forçaient les gens à nous obéir sous peine de mort. Nous étions comme des rois. C'est ainsi que nous nous sentions et c'est ainsi que certains nous appelaient, comme cet immonde korrigan, même si ce n'était pas une marque de respect mais plutôt une basse flatterie pour obtenir quelque chose en échange. Je me suis enfuie, ne supportant plus les violences commises en notre nom. Toute personne qui osait émettre un avis contraire à nos lois était arrêtée, subissait un jugement qui relevait de la farce grossière, et était condamnée. Cela me paraissait normal, jusqu'à ce que ma mère tue de ses propres mains la fille de sa servante, accusée de l'avoir mal coiffée. La petite avait 3 ans. Cela a été comme un éclair dans ma tête : ce bébé assassiné par caprice ! J'ai fui. Aussi loin que je le pouvais. J'ai dissimulé mes cheveux, ai évité les villages et, je ne sais pas comment, j'ai réussi à survivre dans la forêt. Et puis l'hiver est arrivé. Ce froid… Je ne connaissais pas cela avant. L'impression de ne plus pouvoir bouger, l'impression d'être creuse tellement j'avais faim. Je pense que je me suis évanouie près de la caverne et Marcel m'a trouvée. Il venait d'y être envoyé par le Grand Maître. Ton oncle m'a sauvée, mais pas que physiquement. Il m'a appris à respecter les gens, les créatures et la forêt. Maintenant, je suis son élève et je me retrouve à faire des choses bien plus passionnantes qu'avant. Par exemple, partir en voyage pour aller chercher un certain antidote qui sauverait la mère de mon ami !

— Moi, je les aime bien, tes cheveux…

Surprise, Aloda éclata d'un rire clair qui allégea la tension de l'air. Marrec et Declan étaient revenus de la rivière si silencieusement que les deux amis ne s'en étaient pas aperçus. Tous deux étaient propres et le troll était si apaisé qu'il paraissait presque heureux. Il regardait autour de lui, se tâtait le cou régulièrement et clignait des yeux comme pour se réveiller d'un cauchemar. Soudain, lorsque Aloda fit mine de reprendre la préparation du repas, il sauta sur ses grands pieds et arracha le couteau des mains de la jeune fille.

— Alouette ne fera pas ça, c'est mon travail ! Sinon, il ne sera pas content, pas content du tout…

Les garçons s'étaient levés précipitamment et s'approchaient du troll quand Aloda les arrêta d'un geste de la main.

— Laissez-le, chuchota-t-elle. Laissez-lui le temps de se rendre compte.

Petit à petit, la réalité de sa nouvelle vie s'imposa à lui. Antoine put le voir dans ses mains qui se décrispèrent et lâchèrent le couteau, dans les petites lumières qui s'allumèrent au fond de ses yeux et dans la moue d'enfant qui fleurit sur ses lèvres en laissant apparaître son drôle de sourire édenté. Puis Declan se laissa tomber sur son gros derrière qui amortit le choc en faisant trembler le sol de la clairière. Ravi, il croisa ses mains derrière sa tête d'un geste théâtral et annonça :

— Ce n'est pas moi qui fais la cuisine, non ! Je ne fais rien moi ! C'est au tour de…

Effleurant du regard Aloda qu'il ne pouvait imaginer faire des tâches ménagères, il brailla soudain :

— Le cheval qui nage !

Marrec, heureux que le troll apprivoise aussi vite sa liberté toute neuve, soupira exagérément en lançant :

— D'accord, bonhomme, mais je te préviens, ce n'est pas parce que tu es le petit nouveau que tu n'auras pas ton tour d'épluchages de légumes !

Après un repas frugal, les amis décidèrent, au grand soulagement d'Antoine, de continuer leur route jusqu'à la nuit. Le trajet se fit sans encombre dans un paysage où la forêt laissait doucement place à des plaines herbeuses. Marrec galopait à nouveau avec son passager sur le dos et Aloda jouait les éclaireuses. Declan qui, malgré sa carrure de lutteur, souffrait des privations imposées par son ancien maître, formait l'arrière-garde. Il n'avait pu envisager de continuer son chemin seul et était bien décidé à rendre la monnaie de leur pièce à ses sauveurs en les aidant de quelque manière que ce soit !

Ils formaient un drôle d'équipage, disparate, hétéroclite, mais bizarrement harmonieux. Antoine se détendit un peu lorsque la nuit tomba. L'allusion d'Aloda sur les espions du Grand Maître des Druides l'avait si impressionné qu'il s'était dévissé le cou pendant tout le trajet en cherchant à observer quiconque sortait de l'ordinaire. Mais ni abeille, ni écureuil n'attirèrent cette fois son attention…

Marrec décida soudainement de s'arrêter au bord d'un ruisseau. Il était moins épuisé que lors de leur premier trajet, mais avait tout autant besoin de se purifier dans l'eau. La nuit tomba rapidement et Antoine prit cette fois encore le premier tour de garde. Quelqu'un lui devait une petite explication…

Sitôt persuadé que ses amis s'étaient endormis (difficile de douter du sommeil de Marrec, qui ronflait comme une forge !), Antoine s'assit doucement contre un jeune pin. Il s'efforça comme la veille de rester immobile et attendit les froissements des herbes qui annonçaient la présence de leur protecteur.

— Enfin, protecteur stagiaire ! Parce que quand ça chauffait ce matin, tu t'es bien gardé de montrer le bout de ta truffe, hein, froussard ? murmura le garçon à l'ombre fine qui se rapprochait doucement de lui.

Le froussard émit un gémissement contrit et vint appuyer sa tête contre la main qui se tendait.

— T'as eu peur du grand méchant troll ? Je peux te garantir que ce n'est pas de lui dont il fallait se méfier, mais plutôt du petit hargneux que Declan a balancé ! Premier conseil d'apprenti hippocampe : ne pas se fier à la taille de ses adversaires ! Et faire des câlins pour se faire pardonner, c'est plutôt cool aussi…

Le loup se blottit contre le flanc d'Antoine et, avec un gros soupir, ferma ses yeux perçants.

— Si je comprends bien, je fais tout le boulot pendant que tu fais la sieste ? Ah ben bravo…

Malgré sa bravade, le garçon continuait de s'émerveiller de son lien avec cet animal sauvage. Il se sentait toujours autant attiré par lui et ce lien était déjà si fort que, même lorsque le louveteau s'éloignait dans la journée, Antoine ressentait toujours sa présence, discrète mais précieuse.

Quand Marrec vint prendre son tour de garde, il fut bien étonné de trouver Antoine en compagnie d'une bouillotte un peu remuante ! Son ami lui présenta (non sans fierté) son compagnon à quatre pattes. Encore plus craintif, le louveteau se leva tout ensommeillé et commença à gronder doucement sur l'intrus. Les yeux de Marrec se firent plus perçants face à cette réaction de protection mais, subitement, l'animal se calma. Il se contenta de rester à bonne distance du kelpie et secoua sa tête brune en un geste très humain lorsqu'Antoine l'exhorta de s'approcher. Ses yeux luisaient comme des lucioles dans l'obscurité et restaient fixés sur les garçons qui discutaient à voix basse.

À la grande surprise d'Antoine, Marrec paraissait impressionné par son amitié avec un animal sauvage : même à Sidroc'h, cette proximité était très rare ! Antoine sentit que Marrec voulait ajouter quelque chose, mais il se tut.

Réconforté par les louanges de son ami kelpie, le garçon se rendit compte qu'il ne connaissait presque rien de cet être mystérieux. L'agressivité dont il avait fait preuve lors de son violent combat contre le korrigan semblait avoir brisé quelque chose en lui. Habituellement confiant et déterminé, il laissait désormais transparaître une certaine faiblesse… mais il restait toujours bien plus fort qu'Antoine ! Puis, une interrogation refit surface dans l'esprit de ce dernier :

— Comment se fait-il que tu n'aies pas été hypnotisé par le korrigan ?

— Je ne suis pas humain, Antoine. Même si j'en ai l'air la plupart du temps ! Je ne réagis pas comme vous, y compris concernant les pouvoirs magiques des uns et des autres. Les kelpies sont résistants à pratiquement toutes les formes de magie : les sorts, les formules ou les potions sont inefficaces sur nous. Afin de nous abattre, rien ne vaut la force brute ! Et encore…

— Marrec, qu'est-il arrivé à tes parents ? interrogea alors Antoine, lui-même surpris et presque horrifié de sa question. Mais son ami n'en prit pas ombrage.

— Je l'ai longtemps ignoré. Je t'ai déjà raconté combien ma petite enfance avait été solitaire. Il faut que tu saches que l'enfance des kelpies dure environ quatre-vingts ans. Nous devenons adultes lorsque nous réussissons à nous transformer en humain à volonté. Si bien que, pendant notre enfance, nous sommes très vulnérables car très reconnaissables. Les parents dissimulent leurs petits dans des marais semblables à celui dans lequel je suis né. Je t'ai dit que je ne me rappelais plus des miens, mais c'est un peu exagéré : il me reste juste quelques impressions. La douceur de ma mère… Elle était belle, même dans mes yeux de poulain. Et elle sentait bon ! Je me souviens d'un mélange d'herbe coupée et de boue du marais.

À ces mots, le nez d'Antoine se fronça et Marrec éclata de rire :

— Tu vois bien que je ne suis pas tout à fait humain ! Par exemple, cette odeur de pain chaud que prépare ton oncle tous les jours… Beurk !

Marrec détailla pendant un moment les odeurs détestables pour lui qu'adoraient la plupart des humains, puis il se rembrunit et continua son histoire.

Il devait avoir environ 40 ans quand le drame était survenu. Son jeu préféré à cette époque était de se dissimuler dans les marais en essayant de se transformer en humain pour surprendre ses parents. Cet après-midi-là, il était si bien caché dans les roseaux et tellement absorbé par sa tâche qu'il n'avait pas vu le temps passer. Sentant l'humidité du soir s'insinuer sous sa crinière, il sortit de sa cachette en appelant ses parents. Rien. Pas de réponse. Il avait fait le tour du marais en appelant, de plus en plus fort, mais personne n'avait répondu. Finalement, transi de froid et complètement paniqué, il revint vers le nid familial et se coucha en boule, espérant que ses parents seraient de retour le lendemain.

Il avait attendu ainsi pendant des jours, cherchant et appelant ses parents. Bientôt, il avait moins appelé, et puis plus du tout. Et le jour où il réussit à se transformer à volonté, il quitta son marais, persuadé que ses parents n'y reviendraient pas.

Errant à travers la région du Sémilor, il y avait survécu pendant de longues années solitaires. Un jour de début d'été, il s'était fait surprendre par une bande de maraudeurs, petite horde de mercenaires vendant leurs services (la plupart du temps violents…) au plus offrant. Ayant reconnu un kelpie, et aiguillés par leur racisme et leur agressivité, ils s'étaient acharnés. Marrec s'était courageusement défendu mais avait plié sous le nombre et avait été laissé pour mort dans un fossé. C'était Aloda qui l'avait trouvé et, avec l'aide de Marcel, elle l'avait sauvé en le ramenant petit à petit à la vie. Marrec avait décidé de rester et le vieux professeur et la jeune fille étaient désormais ce qui ressemblait le plus à sa famille.

Antoine comprenait mieux maintenant la complicité profonde tissée entre ses deux compagnons. Après un silence, troublé par les légers halètements du loup, Marrec reprit son histoire.

— Tout ça n'explique pas ma réaction face au korrigan, mais il fallait que tu comprennes, et cela me fait du bien de t'en parler. Tu sais que cela faisait des années que je n'avais pas évoqué mon enfance ? Enfin, bref… Quand elle m'a trouvé, Aloda s'était enfuie depuis seulement une saison et, lorsque j'ai pu raconter mon histoire, sa réaction a été telle que j'ai tout de suite compris qu'elle savait ce qui était arrivé à mes parents. J'ai dû insister auprès d'elle pour qu'elle me raconte ce qu'elle avait vu.

Pour s'enfuir du village où habitait sa famille, elle dut passer par la rue du marché qui, depuis peu, proposait une toute nouvelle marchandise : des esclaves. Attirée par un attroupement, elle s'approcha d'une grande estrade sur laquelle étaient perchées plusieurs créatures magiques. Un marchand haranguait la foule, toutefois ce ne sont pas ses cris qui attiraient les gens, mais deux magnifiques kelpies : un mâle et une femelle. Tous les deux étaient très reconnaissables avec leur haute taille, leurs membres déliés et leurs beaux yeux d'ambre. La femme, grande et sculpturale, avait une peau d'ébène et regardait le sol en tordant les mains sur son ventre. L'homme, encore plus grand que sa compagne mais avec une peau aussi claire que de l'ivoire, fixait la foule avec des yeux pleins de colère. Aloda s'était très vite éloignée mais la vision de ces deux êtres magnifiques entravés et vendus comme de vulgaires meubles l'avait longtemps hantée ; elle me l'a dit. Tu sais, il n'y a plus beaucoup de kelpies à Sidroc'h : j'ai tout de suite compris qu'il s'agissait de mes parents. Je suis allé au marché, mais je n'ai jamais pu avoir de renseignements : les gens ont peur et malgré la présence d'Aloda qui leur déliait la langue, le Grand Maître réussit bien plus efficacement à terroriser les gens qu'une Lugannan. À contrecœur, nous sommes retournés à la caverne. Je pense que mes parents sont morts; j'aurais tellement aimé savoir ce qui leur est arrivé…

Nous avons vécu pas mal d'aventures depuis, ton oncle nous a appris tellement de choses et, désormais, je suis certain que si une de ces bandes de maraudeurs croisait mon chemin, ils ne s'en sortiraient pas si facilement! Quant à Aloda… J'espère que tu la verras un jour manier sa dague: une vraie artiste… En un peu plus dangereuse!

Se sentant à nouveau très jeune et sans intérêt comparé à ses amis, Antoine ramena ses cheveux blonds sur ses pommettes en soupirant. Marrec sourit face au trouble de son ami et passa un bras autour de ses épaules:

— Tu sais, j'ai la tête d'un garçon de 17 ans mais en réalité, je vais allègrement sur mes 103 ans. Alors, oui, je suis plus expérimenté que toi, mais tu as beaucoup de qualités que je n'aurai jamais. Et tu amènes quelque chose de nouveau à Sidroc'h, quelque chose que nous n'avons pas connu depuis longtemps…

Il fut interrompu par les premiers rayons du soleil qui les éblouirent soudain à travers les épines du pin sous lequel ils s'étaient réfugiés. Dès que la lumière lui effleura l'échine, le louveteau se dressa et disparut comme un songe. Mais le garçon n'était pas inquiet ; l'animal n'était jamais bien loin.

— Au fait, il t'a dit son nom ?

— Oui, je crois. Il s'appelle Loup…

— Simple, mais efficace !

CHAPITRE XIII

UNE DANGEREUSE RENCONTRE

Le lendemain, avant de partir, Antoine réitéra un geste tellement habituel qu'il le faisait sans y penser : il sortit sa montre à gousset, compta les heures passées et soupira. Si l'état de sa mère s'était aggravé, Dani aurait trouvé un moyen de le prévenir, il en était sûr ! Du moins, il voulait s'en persuader…

Le trajet fut moins harassant et Antoine s'aperçut qu'il était désormais plus à l'aise sur le dos de Marrec. Son corps s'adaptait sans à-coups au galop du kelpie et il commençait même à y prendre goût ! S'il n'y avait pas les différents bleus, bosses et écorchures qui lui arrachaient des grimaces à chaque changement de direction, le voyage aurait été presque agréable...

Les espions ne daignaient pas s'intéresser à eux. Le soleil perçait à travers les nuages et Aloda, qui ne voyait rien d'inquiétant au loin, s'était perchée sur son épaule. Antoine s'autorisa alors à laisser s'égarer ses pensées. Malgré leur « accident de parcours » qui les suivait tant bien que mal en soulevant la poussière du chemin avec ses pieds de géant, ils n'avaient pas trop de retard. Ils arriveraient bientôt à la mer Alanis, persuaderaient les otarelles de lui confier le mystérieux antidote, et repartiraient *illico presto* !

Le paysage était désormais plat et épuré. Finis les arbres centenaires couverts de mousse, les branches noueuses et les racines apparentes. Le chemin pierreux s'adoucissait peu à peu et le claquement régulier des sabots de Marrec s'y faisait discret. Une poussière blanche et fine s'élevait à chaque pas : le sol était désormais sablonneux. Les rares arbres étaient des pins au tronc noir. Seules leurs branches témoignaient du combat qu'ils devaient livrer lorsque les tempêtes se levaient. Toutes tournées dans la même direction, griffues et tordues, elles pliaient en souhaitant sans doute ne pas rompre... On percevait les rares taches colorées des ajoncs et des chardons bleus, mais la couleur dominante était le beige : les oyats et les lagures abondaient. Par bouquets épars, ils peuplaient les dunes et formaient un tapis irrégulier mais de plus en plus dense.

Antoine avait une préférence pour les lagures à cause des jolies fleurs qui leur valaient le surnom de « queue-de-lièvre ». Il adorait ces tiges fines surmontées par de petites boules soyeuses. En se penchant légèrement par-dessus l'encolure de Marrec, il en cueillit une et la passa sur ses joues en souriant. Un de ses passe-temps favoris pendant ses étés bretons était de chatouiller sa petite sœur avec ces douceurs des dunes. Anna gloussait en rentrant la tête dans les épaules et se retournait avec des yeux furibonds, mais un sourire aux lèvres. Antoine, d'un air faussement contrit, promettait de ne plus « jamais, mais alors promis, jamais ! » recommencer. Anna se détournait et n'attendait qu'une chose : que les chatouilles reprennent ! Leurs jeux finissaient la plupart du temps par des éclats de rire le nez dans le sable… Antoine sentit son cœur se gonfler d'espoir et sa poitrine absorber les premiers effluves salés ; ils approchaient ! Répugnant à jeter la fleur des dunes, il la fourra dans la poche de sa veste.

Au bout de deux bonnes heures de galop dans ce paysage de plantes uniformes, le garçon sentit ses paupières s'alourdir. Le rythme des pas de Marrec sur ce sol mouvant le berçait, et une comptine lancinante, que lui chantait autrefois sa mère, se fraya un passage dans son esprit embrumé :

« *Un champ à l'infini,*
Trois petits pas petits,
Pas si petits que ça,
Le champ est toujours là… »

Son regard glissait sur les queues-de-lièvres sans plus les discerner les unes des autres, comme si une mer de plantes dansait devant lui. Ses paupières s'alourdissaient de nouveau : du beige, du beige, du beige, deux points brillants, du beige, du beige…

Soudain tiré de sa bulle comme par un coup de fusil, Antoine se redressa, serrant davantage les flancs de Marrec. Celui-ci, conscient de la tension de son passager, se mit au trot, puis au pas. Declan, ayant calqué son rythme de course sur celui du kelpie, dut freiner des quatre fers pour éviter la collision. En essayant de chasser le nuage de poussière qui les faisait tous tousser, Antoine s'expliqua :

— J'ai cru voir… Je ne sais pas trop, c'était fugace, mais on aurait dit… des yeux qui nous surveillaient !

Sans plus attendre, Aloda voulut décoller de son épaule, mais Antoine l'arrêta d'une pression sur ses ailes.

— Je me demande si ce n'est pas tout simplement mon protecteur en herbe qui fait un peu de zèle.

Devant les yeux interrogatifs d'Aloda, le garçon résuma sa rencontre avec le louveteau et le lien qui s'était rapidement tissé entre eux. L'alouette pencha sa petite tête comme lorsqu'elle était perplexe, mais ne dit rien et Antoine en profita pour enchaîner :

— Laissez-moi faire, je voudrais essayer quelque chose.

Il se concentra, ferma les yeux et, pendant un moment, il n'y eut rien, juste le temps qui s'étirait.

Soudain, un appel silencieux fusa si fort dans les esprits que Marrec rua, évitant de peu de désarçonner son cavalier. Aloda battit des ailes en piaillant et Declan posa les deux mains sur ses oreilles en geignant comme un enfant effrayé.

— *Loup !*

Le temps s'était figé. Même les pins semblaient écouter. Les deux points brillants avaient disparu, noyés dans les plantes des dunes. Désolé d'avoir perturbé ses amis, Antoine rougit en s'excusant :

— Je ne pensais pas que ça ferait autant de bruit, je crois que je ne maîtrise pas encore très bien ce don… Et Loup n'a même pas répondu !

— Tu veux rire ? C'était dingue ! Bruyant, mais dingue ! Je n'ai jamais ressenti un appel silencieux aussi fort et clair dans mon esprit ! Tu ne veux pas recommencer, pour voir ?

— Non, Marrec, je ne suis pas sûre que ce soit une bonne idée, le contredit Aloda en rassurant gentiment Declan. Bien que je sois très admirative de ce que tu viens de faire, Antoine, ce n'était pas très… discret. Je vous rappelle que les espions du Conseil sont toujours à l'affût de ce genre de manifestation extraordinaire. Nous devons essayer de passer inaperçus si nous voulons réussir et, pour l'instant, on ne peut pas dire que ce soit notre qualité première…

Cramoisi, Antoine envisagea un instant de se cacher dans la crinière de Marrec, mais au dernier moment, il se ravisa : pas très sérieux… Sentant son trouble et un peu gênée d'avoir été trop directe, Aloda tenta de le rassurer :

— Ne t'inquiète pas, j'ai l'impression que les espions sont occupés ailleurs en ce moment, sans doute à lécher les bottes du Grand Maître. D'habitude, ils sont bien plus réactifs ! Reprenons notre route, nous y sommes presque.

Tout le monde obtempéra, mais Antoine voyait bien, à la façon dont ils sondaient le ciel et le champ de queues-de-lièvres, que Marrec et Aloda étaient soucieux. En se creusant la tête, il crut deviner pourquoi, et cette révélation le fit frissonner : ces mystérieux espions à la solde de ce mystérieux Conseil commençaient à lui taper sur les nerfs et devaient également oppresser ses amis. Et le plus angoissant n'était pas de les savoir présents mais, au contraire, cette absence inexpliquée! S'ils étaient si prompts à faire disparaître les créatures jugées trop dangereuses, à chasser les étrangers et ceux qui sortaient du rang, pourquoi n'avaient-ils pas réagi à leur périple? Car leur groupe réunissait tous ceux susceptibles de gêner le fameux Conseil et son Grand Maître!

Le soleil se fit plus changeant et, après une dernière dune de sable, la mer apparut. Antoine soupira de soulagement. Enfin, un paysage familier! En Bretagne ou à Sidroc'h, la mer était la même, belle, infinie et imprévisible. Il sauta à terre avant que Marrec se soit arrêté et, se penchant en avant, referma le poing sur le sable encore chaud. Aussi doux que sur la plage devant chez lui, les grains se faufilèrent entre ses doigts et s'envolèrent en poussière fine. Il s'accroupit, se déchaussa et goûta l'eau salée de ses orteils: ici non plus, la température n'atteignait pas des sommets…

Portant son regard sur les flots tranquilles, Antoine se rendit soudain compte que si la géographie était sensiblement la même dans les deux mondes, il devait se trouver à quelques pas de l'emplacement de la maison familiale en Bretagne. Étrangement, cette coïncidence (en était-ce vraiment une?) ne le rendit pas nostalgique mais encore plus résolu à trouver l'antidote. Il prit quelques instants pour laisser grandir cette énergie, imaginant que les vagues légères lui léchant les chevilles l'aidaient à la maîtriser, comme un pouvoir mystérieux dont il aurait besoin plus tard.

Respectant ses retrouvailles avec la mer qu'Antoine aimait tant, ses amis étaient restés quelques pas en arrière. Rieur, celui-ci se retourna pour leur dire d'approcher, mais les mots s'étranglèrent dans sa gorge ; ils n'étaient plus seuls.

Deux hommes et une femme étaient postés sur la dune de sable. Leur maintien décontracté tranchait avec une attitude qu'Antoine n'arrivait pas à qualifier. Lorsque ses amis virent son visage se décomposer, ils firent volte-face et adoptèrent instantanément la même attitude que celle des intrus. Antoine comprit : ses amis s'étaient postés de façon à ne jamais perdre de vue les importuns. Et ces derniers avaient fait de même. Le garçon, ne sachant trop que faire, s'avança vers le troll qui était à quelques pas de lui, mais celui-ci lui glissa :

— Antoine, reste derrière moi. On ne sait pas qui c'est.

Aloda approuva d'un hochement de tête sans même se retourner et le garçon un peu penaud resta les pieds dans le sable mouillé.

Les créatures restant immobiles, ils purent les observer à leur aise. Ils étaient très différents les uns des autres mais leur attitude arrogante ne laissait pas beaucoup de place au doute. Marrec confirma les suppositions d'Antoine en soufflant :

— Ce sont des Druides. Le Conseil daigne enfin s'intéresser à nous…

Le kelpie sortit sa hache aussi discrètement qu'il le put et la tint en main en la dissimulant derrière ses bottes de cuir. Aloda jouait déjà avec sa dague et murmura à son tour :

— Observez-les bien. Souvent les Druides portent les caractéristiques physiques des animaux en lesquels ils se transforment. Regardez-les, cela pourra nous aider si nous devons nous défendre. Les Druides se battent comme leur forme animale !

L'un des hommes était grand, élancé et s'appuyait sur sa lance ouvragée d'un air hautain et renfrogné, comme s'il s'ennuyait prodigieusement. Son maintien fier le faisait paraître encore plus grand qu'il n'était et, de fait, il dépassait ses deux compagnons de deux bonnes têtes. Sous ses cheveux argentés portés en catogan, ses yeux mi-clos semblaient éteints. Mais lorsque Declan se pencha en avant pour frotter ses pieds endoloris par la course, ils s'ouvrirent instantanément, bruns et attentifs. Ses longs membres étaient si gracieux que quand l'homme changea de position pour s'appuyer sur son autre jambe, Antoine eut l'impression de le voir danser. Un cerf.

Toute proche de lui se tenait la femme. Les cheveux aussi argentés que ceux de son compagnon, elle avait des yeux ronds très clairs, d'un jaune éclatant. Si le regard de Marrec était chaud comme l'ambre, celui de la Druidesse brûlait d'un feu dévorant, transperçant. Antoine frissonna quand il se rendit compte qu'il était posé sur lui. Son nez aquilin surmontait une bouche serrée qui ne devait pas souvent sourire, et ses mains nerveuses se terminaient par des ongles longs et pointus. Elle portait à la ceinture une dague légère dans un étui de métal et un couteau était glissé dans une de ses bottes. Une chouette.

Le troisième, qui se tenait accroupi un peu plus loin, était trapu, brun de peau et de cheveux. Tout en lui indiquait la force brute : ses poings massifs serraient une hache de guerre semblable à celle de Marrec, son cou était épais et ses jambes musclées. Il était tendu vers la plage comme s'il n'attendait qu'un ordre pour s'y élancer, mais lorsqu'Antoine scruta son visage, il s'aperçut que l'homme avait de petits yeux vifs et brillants de ruse qui observaient et analysaient leurs moindres gestes. Sous son nez épaté, sa bouche dissimulée sous une courte barbe esquissait un sourire froid. L'homme avait l'esprit aussi fin que son corps était épais. Un sanglier.

Soudain, alors que la femme venait de lever une main nonchalante, le temps changea. Le vent se leva, les nuages s'amoncelèrent au-dessus de la plage ; des nuages noirs, chargés de pluie et d'orage. Un roulement traversa le ciel qui s'illumina d'éclairs successifs. Aloda et Marrec reculèrent vers Antoine, et le garçon, voyant que Declan ne suivait pas le mouvement, s'empressa de le tirer en arrière par la manche. Le bruit était de plus en plus fort et Aloda fut obligée de crier pour se faire entendre :

— Ce n'est pas naturel, faites attention !

Puis le vent fit voler le sable qui s'insinua dans leurs vêtements et dans leurs yeux : désorientés, les amis toussaient et se frottaient le visage en essayant de chasser la poussière sablonneuse. Antoine, qui était moins gêné que les autres grâce à ses lunettes, jeta un œil sur leurs adversaires et s'aperçut qu'ils s'approchaient doucement : pas besoin d'être expert en stratégie guerrière pour comprendre leur manœuvre ! Les Druides essayaient de les piéger en les rendant inaptes au combat avant même de l'avoir commencé… Incapable d'ouvrir la bouche pour prévenir ses amis du danger, Antoine sut qu'il n'avait plus qu'une seule chose à faire : pour la discrétion, on verrait plus tard ! Le garçon s'efforça de rester immobile et de se concentrer malgré le bruit et les assauts du sable. Puis, l'appel silencieux fusa, un peu plus vite que la première fois :

— *Attention, ils arrivent !*

CHAPITRE XIV

UNE OTARELLE !

Marrec se figea et, fermant les yeux, il reprit sa forme chevaline. Ses yeux de kelpie, protégés par de grands cils et par sa crinière noire, souffraient moins des éléments déchaînés.

— *Merci Antoine. La « chouette » commande le vent ! Ton appel m'a permis de me reconcentrer et ce satané sable me gêne désormais beaucoup moins !*

— *Pas de quoi, mon ami !*

Mais si le kelpie avait réussi à surmonter cette attaque vicieuse de leurs adversaires, il n'en était pas de même pour les autres. Declan s'était à nouveau agenouillé et n'avait pas trop de ses grandes mains pour tenter de boucher tous les orifices de son visage. Aloda semblait encore plus en difficulté ; des larmes plein les yeux, elle ne parvenait pas à les garder ouverts et était complètement impuissante. La jeune fille ne pouvait pas se transformer, l'alouette étant bien trop légère pour lutter contre la tempête. Sa capuche ballottait sur sa nuque, inutile face au terrible vent, mais elle donna une idée à Antoine. Piochant une étoffe servant habituellement de torchon dans une de ses besaces de voyage, il la noua autour du nez et de la bouche de sa compagne en relevant la capuche sur ses yeux. Les étoffes empêchèrent le sable de s'insinuer et de la faire suffoquer. Ainsi déguisée, elle ressemblait à une braqueuse de diligence en plein Far West ! Mais une braqueuse soulagée, qui ne pleurait plus et fit même un clin d'œil à son protecteur… Antoine, enhardi par son succès, entortilla d'une écharpe le visage de Declan qui put bientôt se redresser. Marrec fit de même en redevenant un garçon, plus à l'aise avec sa hache serrée dans ses mains quand un danger guettait.

Entre-temps, les Druides avaient encore progressé. Non sans satisfaction, Antoine remarqua qu'ils semblaient contrariés de voir que les amis avaient contré leur ruse aussi rapidement. Leurs chances de s'en sortir n'étaient pas encore optimales, mais elles n'étaient plus aussi minces. Et Antoine se rendit compte avec anxiété, puis avec mépris, que leurs adversaires n'avaient jamais eu l'intention de parlementer ou de comprendre ce qu'un groupe aussi hétéroclite faisait au bord de la mer d'Alanis. Il s'étonnait tout de même que les Druides aient décidé de les mettre hors d'état de nuire : étaient-ils si méfiants ou ses amis étaient-ils beaucoup plus dangereux qu'il ne le pensait pour qu'ils veuillent éviter un face-à-face à tout prix ? Antoine dut remettre ses interrogations à plus tard car les combattants avaient pris place : Aloda était désormais face à la « chouette », Marrec et le « cerf » se tournaient autour, aussi élancés et gracieux l'un que l'autre, et Declan et le « sanglier » rivalisaient de grognements bestiaux.

Fébrile, Antoine sortit la première arme qu'il trouva dans son sac à dos : le fameux couteau à beurre de Dani… Tant pis ! Tant qu'à avoir l'air ridicule, autant assumer ! Il le brandit comme un minuscule étendard et grogna aussi pour faire bonne mesure. Ses couinements de marcassin étaient loin d'être aussi impressionnants que ceux de Declan, mais il s'en contenterait…

Soudain, la voix ferme et claire de « la chouette » transperça la tempête :

— Mon nom est Irène.

Rien d'autre. Mais cela suffit. Aloda blêmit et se rapprocha d'Antoine. Marrec cligna des yeux, comme un lapin pris dans les phares d'une voiture. Il fit un geste pour laisser tomber sa hache sur le sol puis se reprit, en adoptant néanmoins une attitude contrainte et respectueuse. Se soumettre lui faisait horreur, mais il ne paraissait pas avoir le choix : cette lutte intérieure se lisait dans ses yeux ambrés. La « chouette » ne l'ignorait pas et son sourire ironique montrait le plaisir qu'elle éprouvait à maîtriser le kelpie. Puis, faisant volte-face, elle se planta devant Declan avec cette fois un rictus furieux. Le troll, anéanti par la puissance de la femme, se jeta à ses genoux, comme il l'aurait fait face à son ancien maître. Il se mit à gémir et ses beaux yeux bleus devinrent creux et ternes. Par la seule évocation de son nom, connu et redouté à Sidroc'h, Irène la « chouette » avait ramené Declan à son état d'esclave et l'avait vaincu.

Face à cette humiliation, Antoine sentit une chaleur irrépressible l'envahir, lui faisant serrer les poings et grincer des dents. Il était furieux, rageur. Il n'avait jamais ressenti cela, même lorsqu'on lui avait annoncé la maladie de sa mère ou quand on l'avait obligé à s'exiler chez Marcel et Dani. Aloda posa sa main sur son bras et lui murmura alors :

— C'est la sœur de Marcel…

Antoine se dégonfla comme une baudruche. Son grand-oncle avait une sœur ? Première nouvelle ! Marcel ne lui en avait jamais parlé ! Cela voulait-il dire que sa sœur avait traversé le Passage quand ils étaient jeunes pour rejoindre Sidroc'h et qu'elle était devenue Druidesse ? Et apparemment, pas n'importe quelle Druidesse… En son for intérieur, il décida de continuer à l'appeler la « chouette », comme un pied de nez face à cette femme qu'il ne pourrait jamais apprécier. Irène posa alors ses yeux jaunes sur lui et sourit :

— Alors comme cela, nous sommes de la même famille ! Il avait raison…

Antoine sursauta. Qui avait bien pu la prévenir de son lien familial avec Marcel ?

La « chouette » continua :

— Hmm… De la même famille, mais éloignée, sans vouloir t'offenser. Je préfère !

Bien conscient que c'était au contraire ce qu'elle avait voulu faire, Antoine ne broncha pas. Cette vieille harpie cherchait à le faire réagir pour pouvoir le maîtriser comme les autres ; il ne lui ferait pas ce plaisir ! Et de toute façon, il préférait également le côté « éloigné » de l'intitulé… Le garçon essaya plutôt d'analyser la situation en gardant la tête froide. Hors de question d'échouer si prêt du but, il devait sonner la rébellion ! Les Druides n'ayant pas l'air pressés, il se concentra comme jamais et essaya de contacter non pas tous les Sidroc'hiens des environs, mais un en particulier.

— *Cette bande de vieux croûtons ne va quand même pas te faire peur ! Pas à toi ! Redresse-toi, mon ami, tu es imbattable avec ta hache et ce n'est pas cet encorné avec sa lance qui va te dire le contraire ! Allez, mon ami, pour ma mère…*

Pendant quelques secondes, Antoine crut qu'il avait échoué. Puis, imperceptiblement, Marrec changea de position. Son dos se redressa, ses mains s'affermirent sur la poignée de sa hache et ses pieds se campèrent dans le sol. Alors, Antoine changea de cible et à nouveau se concentra :

— *Tu n'es plus un esclave, ton maître est mort ! Cette femme est méchante et cruelle, je suis d'accord, mais toi tu es un hom… un troll libre maintenant ! Elle ne peut rien te demander, rien exiger de toi. Souviens-toi de ce que t'a dit Aloda, souviens-toi que tu as choisi de venir avec nous, souviens-toi que Marrec a fait à manger à ta place ! Allez, Declan, pour ma mère…*

Si la réaction de Marrec avait été discrète, celle de Declan le fut un peu moins… Avec un rugissement qui fit sursauter tout le monde, le troll libre se jeta sur le « sanglier » et le percuta de plein fouet. Complètement pris au dépourvu, celui-ci ne se défendit pas, se retrouva projeté en l'air et atterrit à l'autre bout de la plage, assommé. Declan se tourna alors vers la « chouette » qui, bien malgré elle, fit un pas en arrière. Mais c'était sans compter sur le « cerf ». Ayant approché sans bruit de son pas gracieux, il enfonça profondément sa lance dans le flanc du troll, qui mugit de douleur.

— Lâche !

Antoine n'avait jamais vu Aloda aussi furieuse. Elle se jeta en hurlant dans la mêlée et son cri fut comme un signal. Le « cerf » se tourna vers Marrec et les deux hommes croisèrent leurs armes. Le Druide avait remplacé sa lance, fichée dans le corps de Declan, par une épée courte mais épaisse. Alliant puissance et grâce, leur combat ressemblait à une chorégraphie. Antoine avait l'impression de voir les sabots du kelpie affronter les bois du cerf : le bruit était assourdissant. Malgré sa peur et son dégoût, le garçon ne put s'empêcher de trouver le spectacle magnifique. Les deux hommes s'éloignaient, se rapprochaient, en faisant s'entrechoquer la hache et l'épée. Les coups étaient parfois si violents qu'il avait l'impression d'en voir s'échapper des étincelles. Marrec était un combattant extraordinaire : il multipliait les ruses et les feintes afin d'acculer son adversaire à la mer. Mais le « cerf » avait une grande expérience et Antoine comprit qu'il voyait clair dans le jeu du kelpie. Se déplaçant légèrement de côté, parant les coups de Marrec et le laissant se fatiguer, il le faisait tourner en rond.

Le combat des deux femmes était encore plus impressionnant. Aloda était si légère qu'elle semblait voler, surplombant la « chouette » d'une succession de pirouettes étourdissantes. Elle avait déjà entaillé la joue de son adversaire qui portait désormais une légère zébrure. Fluette et menue, elle utilisait avec brio cette prétendue faiblesse en bondissant et tournoyant afin de rester hors de portée de la Druidesse. Et dès que celle-ci baissait sa défense, la dague fendait l'air, comme animée d'une vie propre. La braqueuse du Far West ressemblait désormais à une ninja mortellement piquante.

Antoine était si admiratif qu'il se surprit la bouche ouverte, ayant oublié sa dangereuse position ! Il se sentait à nouveau inutile et frustré : les combattants l'empêchaient d'aller voir Declan et il était incapable d'aider ses amis, du moins physiquement. Observant à nouveau le combat de Marrec, il s'était rendu compte que son ami, trop impatient de vouloir embourber son adversaire dans le sable mouillé, ne s'était pas aperçu que celui-ci le conduisait vers un trou qui pourrait bien le déstabiliser ! Antoine se concentra…

— *Marrec, fais attention, le « cerf » t'entraîne vers un trou à ta gauche !*

À nouveau, nul indice que Marrec avait bien entendu et compris son message. Les lames se croisaient avec férocité et le duel était si intense que le monde autour semblait avoir disparu. Et puis Marrec fit un pas, puis un autre pas… Il s'éloignait du trou ! Antoine avait réussi.

Avec la même attention, il s'intéressa à Aloda, qui fatiguait : ses gestes étaient moins précis et une balafre cinglait son bras gauche. La « chouette », de plus en plus sûre d'elle, mesurait ses pas et forçait Aloda à étendre ses coups en souriant ironiquement. Le garçon eut une inspiration soudaine et… :

— *Aloda, elle s'éloigne exprès pour que tu te fatigues! Rapproche-toi d'elle et entraîne-la vers le sable mouillé: à ton tour de la fatiguer!*

La jeune fille était moins douée que Marrec pour dissimuler ses émotions et après un léger sursaut, un sourire éclata sur son fin visage. La « chouette », étonnée de ce revirement, baissa sa garde un instant et Aloda en profita: sa dague fendit l'air si vite qu'Antoine avait l'impression de voir un escadron d'abeilles attaquer. La Druidesse reculait, reculait, et sa belle arrogance fondit comme neige au soleil. La mer moutonneuse était toute proche et bientôt ses bottes de cuir s'enfoncèrent dans le sable en émettant un bruit de succion.

Ravi de ce succès qui laissait un répit à son amie, Antoine voulut se précipiter vers Declan qui gisait toujours immobile en respirant faiblement. Il fourra son couteau dans sa poche et s'accroupissait près du troll lorsqu'un bruit de cavalcade le fit se retourner: le « sanglier » s'était réveillé! Et pas vraiment de bonne humeur… Le Druide fonçait en laissant derrière lui un nuage de poussière qui se mêlait à la tempête. Ses yeux haineux et son visage épais tendus vers lui achevèrent de paniquer Antoine qui se releva comme un ressort. Et dire que Marcel ne lui avait donné qu'un couteau à beurre pour se défendre! Ses pensées emmêlées en une ronde affolée, il courut vers la mer sans savoir quoi faire. Le monstre était de plus en plus proche, chargeant avec toute la brutalité d'un sanglier enragé. Antoine avait désormais les pieds dans l'eau et Declan, qui était toujours inerte, ne lui serait pas d'un grand secours : il était seul…

Soudain, un son étouffé retentit. Antoine baissa les yeux et s'aperçut que sa montre avait glissé de sa veste et était tombée dans la mer. Il se pencha sans réfléchir pour la ramasser, mais lorsque sa main plongea dans l'eau, une vive lumière s'échappa de la montre et l'éblouit un instant. Puis elle se fit plus douce et Antoine put à nouveau regarder autour de lui : les combattants s'étaient arrêtés, le « sanglier » avait cessé sa course folle, le temps semblait s'être figé. La lumière s'estompa doucement et un léger bruissement leur parvint aux oreilles : une créature approchait ! Ondulant comme un dauphin mais avec une silhouette incontestablement humaine, elle était recouverte d'une peau de phoque. Ses cheveux aux reflets verts lui arrivaient aux hanches et lorsqu'elle fut tout près d'Antoine, ses yeux noirs et graves révélèrent une sagesse infinie. Le garçon bouleversé ne put que murmurer :

— Une otarelle !

CHAPITRE XV

MAM CAOUANNE

L'otarelle paraissait toute petite ; pas aussi jeune que Paul, mais elle devait être une enfant. Sa voix pointue retentit :

— C'est toi qui m'as appelée ?

— Heu, oui !

— Alors il faut que tu viennes vite, le breuvage est presque prêt !

À ces mots, le cœur d'Antoine eut un sursaut : les otarelles savaient que sa mère avait besoin d'eux ! L'antidote existait bel et bien !

Il se mit à fendre l'écume pour se rapprocher de la petite fille quand, tout à coup, Irène poussa un cri de rage retentissant, et une énorme vague se dressa devant lui. Aloda hurla quelque chose qu'Antoine ne comprit pas, mais qui sonnait comme une mise en garde. Ainsi, cette vague n'était pas naturelle... Irène avait utilisé ses pouvoirs pour déchaîner la mer et le retenir ! Mugissante, la vague enfla jusqu'à atteindre la hauteur d'un grand chêne. Antoine était terrorisé, incapable de bouger. Tout à coup, une petite tête apparut au sommet de la vague, haut, très haut. Si haut qu'Antoine hésitait entre se dévisser le cou pour la regarder ou s'enfuir vers la plage. L'otarelle, car c'était elle, fronçait ses fins sourcils comme si cette énorme déferlante n'était qu'une petite contrariété. Elle surfa quelques instants sur la crête, paraissant même y prendre du plaisir, puis claqua des mains : une fois, deux fois, trois fois... Et la vague sombra.

La mer se fit paisible comme un lac et Antoine eut l'impression d'avoir rêvé. Le garçon ne put s'empêcher de se tourner vers la plage pour voir la réaction de la « chouette » face à ce nouvel échec. Cela en valait la peine ! Elle était livide d'une fureur froide, ses mains serrant sa dague comme si elle n'avait qu'une envie : l'enfoncer dans quelqu'un pour se défouler de cette humiliation. Ses yeux jaunes étaient si cruels qu'Antoine, après un bref moment d'euphorie, eut soudain peur pour ses amis restés sur le sable. Persuadé désormais d'être en sécurité dans l'eau et à nouveau très inquiet pour Declan, le garçon se concentra :

— *Partez, tous les trois. Mettez Declan en sécurité et restez dans les parages. Je vais demander à l'otarelle d'occuper les Druides pour que vous puissiez fuir. Faites attention à vous, je vous « télépathise » dès que j'ai fini !*

Malgré sa bravade, Antoine n'en menait pas large, mais il était hors de question de mettre plus longtemps ses amis en danger. Ils avaient déjà assez risqué leur liberté, et sans doute leur vie, pour lui et ses histoires de famille…

Se détournant de la plage, il jeta un œil à l'otarelle qui regardait toujours les Druides avec son air contrarié.

— Pourrais-tu les occuper quelques instants, s'il te plaît ? Comme tu le vois, un de mes amis a été blessé et je voudrais que les autres puissent l'emmener discrètement loin d'ici pour le soigner.

— Ainsi, tu es ami avec un troll ? Mam Caouanne m'avait bien dit que tu étais intéressant… Je veux bien les embêter un peu si tu veux, je ne les aime pas. Ils ont l'habitude de prendre mon peuple pour des sauvages ! Ils profitent de notre tradition de danser sous la lune à l'Équinoxe pour attraper certains d'entre nous. Je ne sais pas ce qu'ils en font, mais on ne les revoit jamais…

— Moi, je sais qui sont les sauvages, et je peux t'assurer que ce n'est pas ton peuple !

— Mon peuple ? Tu sais que tu as presque le droit de dire « notre peuple » ! Bon, passons aux choses sérieuses : attire-les vers la mer !

Laissant Antoine interloqué, la petite otarelle se tourna vers la plage et murmura une incantation dans un langage mystérieux. Reprenant ses esprits mais bien décidé à lui tirer les vers du nez dès que possible, le garçon réfléchit rapidement. Les Druides étaient trop malins pour entrer dans l'eau s'il les provoquait !

Antoine avait de l'eau jusqu'à la taille désormais ; il se prit le ventre à deux mains, feignant une souffrance soudaine. Petit à petit, il s'agenouilla et, prenant discrètement son souffle, se laissa glisser dans l'eau. S'ils tenaient tellement à lui, ils n'allaient pas le laisser se noyer, non ? Si ?… À travers l'onde, Antoine apercevait des silhouettes floues. Trois s'éloignaient tandis que trois autres s'approchaient…

D'abord, il ne se passa rien. Les Druides, mis en confiance par le calme de la mer et la faiblesse providentielle de leur proie, se remirent à sourire. Le « cerf » s'avança même dans l'eau jusqu'aux chevilles. Ses compagnons s'apprêtaient à le suivre lorsque des remous se formèrent autour des pieds de l'homme qui voulut reculer, inquiet. Soudain, il hurla. Un cri très bref, perçant et bizarrement aigu ; Antoine l'entendit déformé par l'eau, mais ce qu'il avait perçu sous la mer le fit se redresser. Un aileron gris avait surgi juste à côté de lui mais l'avait évité, ainsi que deux énormes carapaces et des dizaines de petites flèches argentées : les animaux marins avaient répondu à l'appel de l'otarelle…

Le « cerf », happé par le requin, essayait de se maintenir au-dessus de l'eau, mais il était inexorablement attiré vers les profondeurs. Pour un peu, Antoine aurait eu pitié de lui, puis il se rappela l'attaque vicieuse de Declan et ne fit pas un geste. Il jeta un œil vers la plage : ses amis avaient filé en emportant le troll. Les deux Druides étaient seuls. Irène était figée, aussi blanche et froide que si, elle aussi, avait été emportée par le requin. Le « sanglier » rugissait de rage mais n'osait pas s'aventurer dans l'eau ; il empoigna sa compagne et la fit reculer vers les dunes.

Antoine se tourna vers le large et se sentit soudain plus grand, presque vieux.

L'otarelle s'était approchée sans un bruit et lui parla de sa voix frêle :

— Mets tes mains sur mes épaules, je t'emmène voir Mam Caouanne. Elle t'attend depuis longtemps maintenant.

Encore sonné, Antoine se laissa faire. Il fut soulevé dans une gerbe d'eau et dut d'abord fermer les yeux en tenant fermement ses lunettes pour ne pas les perdre.

Les embruns lui fouettaient le visage et le garçon retrouva les sensations éprouvées lors des sorties familiales en voilier. Quelques larmes se mêlèrent à l'eau de mer : gouttes salées se mêlant aux gouttes salées… Était-ce la mort du Druide ? Il crut entendre la voix de son père lui criant de virer de bord et le rire de sa mère. Cependant, ses mains ne serraient pas les épaules de son petit frère, mais celles d'une otarelle qui pouvait changer tellement de choses !

Se secouant, Antoine ouvrit les yeux : bien lui en prit car le spectacle était saisissant. Les animaux marins formaient une garde rapprochée et leur cortège allait si vite qu'ils étaient déjà en haute mer. À côté de cet étrange voyage, une balade en jet-ski avoisinait la vitesse d'un escargot paresseux ! Antoine n'était pas très rassuré d'avoir un requin comme garde du corps, mais celui-ci ne le regardait pas avec des yeux trop affamés…

L'otarelle ralentissait déjà, les contours d'une île se profilant devant eux. Une petite île inhabitée, agrémentée de quelques rares arbres noirs et tordus. Pourtant, ce bout de terre n'avait rien de lugubre : les herbes folles dansaient parmi les nombreuses fleurs qui formaient des taches de couleurs vives. Fort de ses nouvelles connaissances en herboristerie, Antoine reconnut le jaune des genêts, le bleu des chardons et le rouge des coquelicots. Plissant les yeux, il discerna même le gris-vert velouté des molènes sauvages !

Ils étaient parvenus dans une jolie crique où les champs sauvages paraissaient tomber directement dans la mer. Une falaise la bordait à sa droite et, au ras de l'eau, presque invisible, se dessinait l'entrée d'une grotte.

Toujours flanqués de leur drôle d'escorte, le garçon et l'otarelle pénétrèrent dans la caverne, qui s'avéra beaucoup plus vaste que ne le supposait son entrée. Agrémentée d'algues phosphorescentes, elle était plutôt claire et les reflets de cette tapisserie originale renvoyaient une lumière irisée et changeante. Elle était bordée sur tout le pourtour d'une terrasse de pierre qui formait une corniche inégale et permettait de s'y asseoir. Sur cette terrasse, un feu de bois flotté crépitait et ses flammes bleues rappelèrent à Antoine qu'il commençait à grelotter de froid. Un tout petit chaudron était posé sur les braises et le garçon prit conscience avec excitation qu'il devait contenir le fameux breuvage ! Des tas d'ustensiles, des carapaces de tortues vides et retournées, des coquillages de toutes formes, des dents de requins, s'amoncelaient dans un désordre chaleureux. Et au milieu, une petite bonne femme faisait des étirements. Elle se penchait avec difficultés vers une jambe en comptant jusqu'à cinq, puis se relevait et faisait de même avec l'autre jambe. Ses cheveux blancs, ses mains tavelées, ridées et sa peau de phoque toute râpée dénonçaient son grand âge, mais quand elle se releva, ses petits yeux pétillants d'humour étaient ceux d'une jeune fille.

— Sors de l'eau et va te réchauffer auprès du feu, mon hippocampe, sinon tu vas attraper la mort !

— Pas possible, elles se sont passé le mot ! grommela Antoine qui, pourtant, était secrètement ravi de retrouver le surnom affectueux que lui donnait Dani.

Trop frigorifié pour y réfléchir, il se hissa près du feu et approcha avec délice ses mains des flammes bleues. Il lorgna du côté du petit chaudron mais n'osa y toucher, de peur de tout gâcher. L'antidote était tout près de lui, plus près qu'il ne l'avait jamais été. Cependant, Antoine était serein et attendait. Il ne savait pas exactement quoi d'ailleurs : des réponses, sans doute…

Il observa à nouveau la vieille otarelle, qui le fascinait. Ridée comme une vieille pomme, se déplaçant avec difficultés et paraissant ne plus y voir grand-chose, elle était vraiment très âgée. Mais il ne serait jamais venu à l'idée du garçon de la traiter de « vieux croûton » ! Cette femme lui donnait l'impression de posséder toute la sagesse du monde.

Elle s'adressait maintenant aux animaux marins qui les avaient accompagnés et en particulier à l'énorme requin. Ce monstre des mers se laissait caresser le ventre et donnait l'impression de ronronner comme Joséphine, avec un sourire béat (mais toujours aussi rempli de dents…) !

Puis la vieille dame se redressa, aidée par une canne, et tapa dans ses mains comme une maîtresse d'école annonçant la récréation :

— Allez, mes petits, retournez à vos occupations !

La petite fille fit un geste de la main à Antoine et, avant que celui-ci ait pu la remercier, plongea dans l'eau et disparut à son tour. Mam Caouanne s'approcha du garçon avec un coquillage creux dans la main. Il révéla un breuvage bien chaud que le garçon goûta avec reconnaissance : c'était délicieux ! La vieille otarelle lui sourit malicieusement :

— Chardons bleus, molène, menthe poivrée, un zeste de coquelicot et, évidemment, de la pomme sauvage. Pas de valériane, tu n'aimerais pas trop les conséquences… D'où crois-tu que Dani tienne ses dons en cuisine ? Certainement pas de ton oncle Marcel !

— Franchement, je n'en sais rien ! De ce que je connais de ma famille, Dani pourrait bien tenir ses dons de cuisinière de l'abominable Homme des neiges !

— Ah non, pas celui-là, il a trop mauvais caractère ! Et puis le Népal est trop loin de la mer !

Redevenant sérieuse, Mam Caouanne prit ce qui ressemblait à un fanon de baleine et mélangea lentement le mystérieux antidote chauffant à petits bouillons dans le chaudron.

— Mon hippocampe, je suis navrée que l'on t'ait caché autant de choses sur ta famille, mais c'était pour…

— Pour me protéger, je sais ! la coupa Antoine, pourtant incapable d'être en colère contre cette femme. Je le sais, Mam Caouanne, mais avec tout ce que j'ai vécu ces derniers temps, j'ai l'impression d'avoir vieilli d'un siècle, alors je crois avoir mérité que l'on m'en dise plus, non ?

— Je le crois aussi… Et si tu veux que l'antidote pour ramener ta maman soit efficace, il faut que tu comprennes un certain nombre de choses. Comment va-t-elle ? Comment va la petite Molène ? Pas très bien, j'imagine…

— Aux dernières nouvelles, elle était dans le coma, répondit Antoine en essayant de ravaler la boule qu'il avait dans la gorge. Mais cela fait déjà… deux jours et plus de six heures que je n'ai pas de nouvelles !

Il avait sorti sa montre de la poche de sa veste et avait compté le temps, comme tant de fois depuis qu'il voyageait à Sidroc'h. Mam Caouanne la lui prit délicatement des mains et en toucha l'inscription mystérieuse gravée dans le boîtier. Antoine la connaissait par cœur et la récitait à voix basse en même temps que la vieille dame lisait :

— « Pour Ondine. À toi mon aimée, tu es mienne depuis le commencement jusqu'à la fin. » Si tu veux, je peux commencer par l'histoire de cette montre pour t'expliquer l'histoire de ta famille.

Mam Caouanne s'assit devant les flammes bleues sur une énorme carapace de tortue et réajusta coquettement sa peau de phoque comme s'il s'agissait d'une robe de soirée. Son ombre dansait sur le mur de la caverne et la conteuse donna soudain l'impression d'être immense.

Antoine cessa d'offrir toutes les parties de son anatomie à la chaleur du feu et s'assit en fixant la vieille femme. Elle lui faisait penser à Aloda : si petite à l'extérieur, mais si grande à l'intérieur…

CHAPITRE XVI

L'ANTIDOTE

Mam Caouanne commença ainsi son récit :

— Il y a longtemps, deux frères venant de Bretagne et animés de pures intentions franchirent le Passage et atteignirent Sidroc'h. Ils étaient si braves, si beaux et bientôt si puissants que les habitants les adoptèrent. Ils furent même admis au sein des castes privilégiées en raison de divers actes de courage qu'ils avaient réalisés. Richard devint un Protecteur, puisque malgré une propension à la possession, il mettait la justice et l'égalité au-dessus de tout. Marcel devint un Sensible. Sous sa carrure impressionnante, il cachait un cœur d'or et un grand désir d'aider les enfants par l'éducation. Les deux hommes, très occupés par leurs nouvelles fonctions, se débrouillaient toujours pour se retrouver, car ils restaient très proches. Une nuit d'Équinoxe, ils s'étaient donné rendez-vous sur une plage. Richard avait une grande nouvelle à apprendre à Marcel : les Druides lui avaient proposé de suivre leur enseignement et de devenir l'un des leurs ! Très fier de ce qu'il considérait déjà comme un succès, Richard se laissa griser et se vanta tellement que son frère, bien plus humble, s'inquiéta que la tête lui tourne au point de lui faire perdre la raison. Mais Marcel n'eut pas le temps de mettre son frère en garde, car des chants interrompirent soudain leur réunion. C'étaient des chants magnifiques, entonnés dans un langage inconnu. Ils étaient si beaux que les deux hommes ne purent résister à l'envie de voir qui en étaient les interprètes. Ils se faufilèrent jusqu'à la dernière dune, cachant une petite crique retirée et, les yeux écarquillés, surprirent le plus merveilleux spectacle qu'ils aient jamais vu de leur vie.

Antoine, les yeux aussi écarquillés, souffla :

— La danse des otarelles…

— Tout juste. Deux jeunes femmes fines et souples, l'une brune et l'autre blonde, dansaient sous la lune. Un groupe de femmes plus âgées accompagnait leur danse avec leur chant. Les deux jeunes otarelles étaient nues, leurs corps brillaient sous la lune. Ce que les frères prirent tout d'abord pour leurs vêtements gisait dans le sable un peu plus loin. Ils restèrent longtemps, admirant ce spectacle sous les étoiles qui pâlissaient peu à peu. Plus la nuit s'avançait et plus Richard s'assombrissait : il avait compris que le tas informe n'était pas des vêtements, mais des peaux de phoque. Le futur Druide connaissait le peuple des otarelles et savait que jamais il ne se laissait approcher. Mais la femme blonde dansait devant lui, dansait même dans son esprit lorsqu'il fermait les paupières, et soudain, sa décision fut prise.

Jetant à Marcel un regard de loup affamé, il courut sans bruit vers les peaux entassées. Son frère, qui savait que celui qui s'emparait de la peau de phoque d'une otarelle en devenait son maître, ne supporta pas que Richard se rende coupable d'un tel outrage. Plus rapide, il se jeta sur lui avec un grand cri qui effraya les femmes. Les chanteuses se sauvèrent prestement vers la mer, tandis que les deux danseuses restaient sur la plage, incapables de rejoindre l'océan : leurs précieuses peaux de phoques étaient hors de portée… Marcel essaya d'empêcher son frère de s'en emparer mais Richard, rendu furieux par ce qu'il prit pour une trahison, se mit à le battre. Il avait toujours été le plus fort et le fut encore cette nuit-là. Ayant donné à Marcel un coup de poing de la puissance d'un marteau sur une enclume, il s'empara enfin de la peau tant convoitée. Aussitôt, la jeune femme blonde se jeta à ses pieds, prisonnière de corps autant que d'esprit. Elle était toujours aussi belle, mais ses yeux étaient désormais voilés et son sourire absent. Richard la prit par la main et lui ordonna de le suivre en jetant un dernier regard à ce frère désormais haï. Comme une dernière offense, il ramassa la peau de phoque restante du bout de sa botte. Il la lança sur Marcel qui, encore étourdi, la rattrapa machinalement : trop tard… Sans le vouloir, il s'était rendu maître de la dernière otarelle.

— Tu rigoles ? Tu veux dire que Dani est une otarelle ? Truc de ouf !

— Mon hippocampe, malgré toute la sympathie que j'ai pour toi, ton langage de bulot mal dégrossi me fait grincer des dents ! Et quand je grince des dents, je prépare mes breuvages de travers…

— OK, OK ! Heu… D'accord Mam Caouanne, désolé… Je suis sincèrement navré. Je conçois que mon langage mériterait d'être un peu plus châtié de temps en temps… C'est mieux ?

— Pas mal… Retournons à nos histoires de familles. Malgré ton style de conversation poisson-clownesque, tu as tout compris : Dani est évidemment une otarelle.

— C'est din… C'est fou ! Alors, malgré ses grands principes, Marcel a quand même gardé la peau de phoque de Dani ? Après s'être battu avec son frère, avoir vu la manière dont il a enlevé cette femme, il aurait finalement fait pareil ? J'ai du mal à le croire. Et Dani ne me donne pas l'impression d'être prisonnière ! Pas comme la blonde ! Tu as parlé de mélancolie, comme la maladie de maman. Maman, elle est absente depuis qu'elle est malade. Dani, c'est tout le contraire ! Elle paraît tellement libre...

— Bien, mon petit, dit la vieille femme au garçon qui faisait environ trois têtes de plus qu'elle. Je pense finalement que mon antidote sera très réussi ! Quand Marcel a repris connaissance et s'est aperçu de l'infamie de son frère, il a immédiatement rendu la peau de phoque à l'otarelle. Mais étrangement, celle-ci n'avait plus l'air si effrayée. Triste, bouleversée, mais pas effrayée. Elle regarda longuement le beau jeune homme qui lui faisait face, cet homme qui n'avait pas hésité à se battre avec son frère pour essayer de les sauver. Cet homme, qui, malgré le pouvoir qu'il aurait pu avoir sur elle, s'en était défait à la seconde où il l'avait acquis. Elle se releva, arrangea ses beaux cheveux bruns et, s'avançant vers lui, lui mit sa peau de phoque dans les mains. Ce faisant, elle lui dit simplement : « Tenez, je vous ai choisi. »

— Truc de ou... C'est fou ! Mais ça ne m'étonne pas tant que ça, finalement... Elle a un côté un peu rebelle, Dani, je trouve.

— Un côté seulement ? Oh, mon hippocampe, si tu savais comme ta grand-tante a remué tous les fonds marins pendant son enfance ! Elle était tellement curieuse qu'elle se retrouvait plus souvent punie que tous les autres enfants otarelles réunis ! Alors, ce désir de s'évader d'un carcan trop serré en compagnie d'un homme qu'elle admirait n'était finalement pas si étonnant. Dani a choisi d'offrir sa peau de phoque à Marcel et, dans ce cas extrêmement rare, la malédiction des otarelles ne s'abat pas.

— Et après, Mam Caouanne, qu'est-ce qu'il s'est passé ? J'imagine que pour la vie en rose, on peut repasser !

— Hmm…

— Ah oui, mon langage de bulot… Ils n'ont pas vécu heureux très longtemps, si ?

— Leur vie fut heureuse, mais difficile. Dani était désormais bannie du peuple des otarelles car elle avait choisi un humain. Marcel faisait toujours partie de la caste des Sensibles, mais plus Richard avançait dans ses études druidiques, plus il étendait son pouvoir et plus les amoureux étaient pourchassés. Ils se cachaient dans la forêt, vivaient simplement, ce qui leur suffisait, mais Dani ne pouvait s'empêcher d'être triste et inquiète pour son amie. Elle qui était déjà si fragile sous la mer, comment pourrait-elle résister à cet exil forcé ?

Ils reçurent l'aide des Sensibles et des habitants de Sidroc'h, tous reconnaissants envers Marcel pour sa bonté. En contrepartie, Marcel s'occupait de l'enseignement des enfants et leur apprenait à dessiner. Lui-même réalisait des croquis et des aquarelles magnifiques qu'il offrait volontiers. Dani, bien formée par la vieille tortue qui te raconte cette histoire, soignait les gens avec ses herbes. Ils étaient heureux, oui, ils l'étaient.

Un jour de printemps, environ deux ans après cette nuit tragique, naquit une petite fille de l'union de Richard et Ondine. On raconte que celui qui avait été intronisé Druide peu de temps auparavant était si heureux qu'il offrit à sa femme une montre magnifique, gravée et sertie de pierres précieuses par les plus grands orfèvres. En un hommage bien cruel, il nomma sa fille d'un prénom typique du peuple d'Ondine : Molène…

— Qu… Quoi ! Maman ? Alors, maman est bien une otarelle, en fin de compte ? Dani qui me disait que non ! Enfin, une demie, une métisse… Et moi, je suis un quart d'otarelle ! C'est pour ça que je suis trop fort en apnée ! Heureusement que j'ai le gène de la plongée et pas celui de la danse tout nu, ce serait ballot… Et Ondine, l'Ondine de la montre, est ma grand-mère. Et Richard le dingue est mon grand-père ! Tu as raison, Mam Caouanne, ça, ce sont des histoires de familles… Mais comment maman s'est retrouvée en Bretagne ?

— On approche de la fin de l'histoire et c'est une fin bien triste. Quand ta maman eut 2 ans, Richard avait encore accru son pouvoir et, par la même occasion, le nombre de ses ennemis. Devenant de plus en plus méfiant et craignant plus que tout que l'on s'en prenne à sa famille, il fit bâtir un château de pierre sur les modèles d'une époque lointaine de votre monde. Il y enferma

Ondine et Molène et repartit sillonner Sidroc'h. Cet éloignement causa sa perte. En effet, il avait camouflé la peau de phoque de sa femme dans une anfractuosité dissimulée par un lourd rideau. Anfractuosité impossible à découvrir par une femme adulte, mais pas par une petite fille agile et habituée à explorer les environs toute seule ! Molène trouva la peau et la ramena à sa mère. À cette époque, Ondine n'était plus que l'ombre d'elle-même, mais lorsqu'elle comprit que l'informe matière que lui tendait sa fille était ce trésor après lequel elle courait depuis tant d'années, l'otarelle se métamorphosa. L'évanescente jeune femme fit place à une blonde pleine de vie, bien décidée à reprendre son destin en main. Elle ne pouvait pas emmener son enfant sous l'eau, Molène n'y aurait pas survécu, mais elle pouvait la soustraire à l'influence négative de son père. Ondine fit ce que toute mère aurait fait : elle la confia à la personne en qui elle avait le plus confiance.

— Dani…

— Tout juste, mon hippocampe. Nul ne sait comment, après tant d'années, Ondine réussit à retrouver Dani. La petite fut confiée à ses parents d'adoption qui l'élevèrent discrètement dans la forêt de Sidroc'h, puis dans la maison abritant le Passage. La maison dans laquelle Marcel et Dani vivent toujours. Ondine repartit vers son cher océan, l'océan qui lui avait tant manqué. Mais elle ne l'atteignit jamais. Que se passa-t-il ? Fut-elle attaquée en route ? Fut-elle rattrapée par Richard ? Si cela fut le cas, Ondine ne lui divulgua jamais le lieu de vie de sa fille, car Marcel et Dani ne furent jamais inquiétés et Molène ne revit jamais son père. Comme tu le vois, il reste beaucoup d'ombres dans cette histoire qui n'est pas si belle.

— Il reste de l'ombre mais tu m'as apporté beaucoup de lumière, Mam Caouanne ! Ou du moins des loupiotes… soupira Antoine, encore bouleversé par ces révélations. Je n'ai pas l'impression que maman se souvient de sa petite enfance. Son père, l'abandon de sa mère, sa vie de château… Elle n'en parle jamais.

— Qui sait ? Peut-être est-ce pour cela qu'elle a contracté le mal des otarelles : ne pas savoir est toujours pire que connaître même la plus difficile des vérités. Et je ne sais pas ce que lui ont dit Dani et Marcel à propos de sa naissance. Qui sait si la mélancolie de sa mère ne l'a pas rattrapée ? J'ignore d'où vient son mal, mais je sais le guérir et, après tout, c'est bien cela le principal !

La vieille femme se leva, souleva le chaudron et de son petit pas, alla le poser sur le sol rocheux. La mystérieuse substance d'un blanc crémeux cessa de bouillonner et le liquide se figea aussitôt, comme compacté par un refroidissement intense.

— Vois-tu, le problème est que l'antidote n'est pas complet. Pour contrecarrer la mélancolie, rien de plus efficace qu'une bonne dose de bonheur. Et qu'est-ce qui fait naître le bonheur ? Deux choses, mon hippocampe, deux choses : l'amour et la beauté. L'amour et la beauté doivent être ajoutés à ce breuvage pour guérir Molène. Et comme ta maman appartient aux deux mondes, il nous faudra un soupçon de Bretagne et une pincée de Sidroc'h !

— J'ai rien compris…

— Alors il va falloir que tu débouches tes oreilles ! Vide tes poches.

— Quoi ?

— Allez, ouste ! Plus vite que ça ! Un futur Protecteur entouré par une otarelle et formé par un Sensible devrait avoir tout ce qu'il faut quand il le faut, question d'instinct ! Et de bons conseils, bien entendu…

Échauffée par son monologue, Mam Caouanne avait les joues rouges couleur pomme d'api et agitait son fanon de baleine vers Antoine comme un chef d'orchestre agacé par les fausses notes.

Impressionné, le garçon puisa dans les poches de sa veste : son trésor était maigre. Trois pièces de vingt et cinq centimes, une petite barrette rose à paillettes égarée par Anna, un vieux papier tout chiffonné… Tout en sortant la fleur de queue-de-lièvre et le pétale de camélia du jardin de Marcel, Antoine bougonna :

— Trouver de la beauté et de l'amour dans mes poches, ben voyons ! Autant chercher une blague de Toto dans la tête de Dark Vador…

Et puis l'évidence s'insinua en lui, discrètement d'abord, et de plus en plus envahissante, flamboyante. Sans mot dire, il observa la fleur de Sidroc'h et le pétale de Bretagne. Pourquoi pas, après tout ? Quoi de plus universel, de plus joli, qu'un petit bout de nature ? À part un bébé animal évidemment, mais ça, il ne l'avait pas en poche... Et l'antidote serait d'autant plus efficace avec un morceau de flore provenant de chaque côté du Passage ! Plus assuré qu'il ne l'avait été depuis longtemps, certain de ne pas se tromper, Antoine s'avança vers le petit chaudron et, tout en laissant tomber ses deux trésors, souffla :

— Un peu de beauté...

Le pétale de camélia fondit tout de suite et se mêla au breuvage. Le blanc crémeux prit une teinte rose, douce et un peu terne. Puis la fleur de queue-de-lièvre se fondit à son tour au mélange. Celui-ci fuma un peu et pendant un instant, Antoine crut s'être trompé. Tous ses doutes ressurgirent et le poing de glace pesa à nouveau sur son estomac : et si ces histoires débiles de beauté de la nature gâchaient l'antidote ? Et si Mam Caouanne devait tout recommencer et qu'il se retrouve responsable de... Non, ça, il ne pouvait pas y penser. Ses mains tremblaient sans qu'il puisse les arrêter. Le petit chaudron se mit à chanceler, comme si la terrasse de pierre s'était mise à bouger, et le breuvage continuait à fumer, se remettant même à bouillonner. Sentant la panique le submerger, Antoine se tourna vers la vieille otarelle qui s'était approchée, elle aussi :

— Mam Caouanne, je crois que j'ai fait une conner… une bêtise ! Elle ne veut pas fondre comme le pétale ! T'imagines, si j'ai tout fait rater et que tu dois recommencer ? J'ai l'impression que tu le prépares depuis dix ans, ton truc… Maman ne tiendra jamais !

Mam Caouanne prit la main du garçon comme si elle voulait l'aider à traverser une route particulièrement dangereuse :

— Mon hippocampe, tu ne devrais pas t'étonner que le côté sidroc'hien de Molène fasse un peu de résistance ! Avec son enfance tumultueuse et son « déménagement » en Bretagne, elle a très peu d'atomes crochus dans ce monde. Ce doit être son côté rebelle qui parle…

Malgré lui, le garçon grimaça un petit sourire ; sa mère, une rebelle ? Une rêveuse, une voyageuse, mais une rebelle… Il devait être bien caché, ce côté !

La petite main fraîche et ridée lui fit du bien, comme un baume sur ses blessures. Petit à petit, le bouillonnement du chaudron se calma et les battements de son cœur aussi. La fleur avait disparu, happée par le liquide dont le rose terne se changea soudainement en un vert anis strié de blanc et de vert bouteille. Quelle magnifique couleur ! Instinctivement, Antoine sut qu'elle plairait beaucoup à sa mère.

Toujours aussi sereine, Mam Caouanne empoigna

son fanon de baleine et se remit à mélanger le breuvage. Les flammes bleues s'étouffaient doucement et projetaient des ombres de plus en plus discrètes ; lorsque la vieille dame remit le petit chaudron sur le foyer, il n'y restait que des braises. À nouveau, Antoine put respirer, le poing de glace perdit du terrain sur son ventre et son cœur. Il s'assit les bras serrés autour des genoux et fixa les lumières mouvantes qui se reflétaient sur ses lunettes. Le temps s'étirait lorsque Mam Caouanne lui demanda :

— Voudrais-tu me parler un peu de ta mère ? Il est difficile de préparer un antidote pour quelqu'un que l'on ne connaît pas…

— Te parler de ma mère ? Heu… Ben, c'est ma mère ! Enfin, pas que ma mère, c'est aussi la mère de Paul et Anna, et puis la femme de mon père, mais ça paraît logique… Ah, et heu… Non, je sais pas… Elle est plutôt grande pour une mère, elle est brune. Elle est comme moi, elle a des lunettes, mais elle est complètement miraude, elle voit vraiment rien ! Elle est plutôt cool en général, mais elle peut être casse-bonbons aussi… bredouilla Antoine en se sentant complètement ridicule.

— Mon cher, si je t'avais demandé de me réciter l'annuaire du Finistère, je t'aurais prévenu ! Veux-tu bien faire un effort et enfin me parler de Molène ?

— Bon, d'accord… Après tout, c'est vrai, tu ne la connais pas. Je vais essayer… On se ressemble pas mal, en fait. La plupart du temps, ça ne me dérange pas trop, mais des fois, ça m'énerve ! Quand je laisse tomber mon 86e truc de la journée ou quand j'oublie mes clés. Dans ces moments-là, elle lève les yeux au ciel, mais je sais qu'elle n'est pas vraiment agacée, c'est juste qu'elle se dit qu'elle aurait aimé me refiler des gènes plus sympas que la maladresse et la distraction… Elle adore lire et elle connaît pas mal de choses ; pas pour faire son intéressante ! Non, je crois qu'elle aime juste apprendre. Quand elle est dans un bouquin, un typhon ne la ferait pas bouger. Ou alors elle peut suivre une conversation avec papa, faire un câlin à Anna, aider Paul pour ses devoirs et me dire de préparer mes affaires, tout en même temps ! Moi, j'arrive pas à le faire… Elle n'aime pas que les livres, elle aime aussi la musique, les musées, les belles bâtisses… En fait, je crois qu'elle aime le beau. Je suis sûr qu'elle est capable de pleurer devant un tableau ! Elle aime papa aussi… Quand il est pas là, elle met son pyjama ! Et puis, des fois, elle se pose avec son thé, elle tourne son visage vers le soleil, elle ferme les yeux et elle est bien… Enfin, les trente secondes possibles avant qu'un de nous lui demande un truc ! Parce qu'elle sait toujours où sont nos affaires ; ça aussi, ça m'énerve ! Des fois, je m'arrête au milieu de l'escalier parce que j'ai encore perdu quelque chose : même pas besoin de lui demander, elle me dit où il est ! Elle doit avoir un coin dans son cerveau pour stocker ces informations. Et puis… Y a qu'elle qui me regarde parfois avec un petit sourire, tu sais, ce p'tit sourire qui te dit que, finalement, t'es plutôt cool comme fils ? Que, de temps en temps, elle est fière de toi ? Je te promets, Mam Caouanne, si je ne revois jamais ce sourire-là, je ne sais pas ce que je ferais…

Les yeux embués, Antoine ne put continuer, les mots s'étranglant dans sa gorge. Il laissait à nouveau ses pensées dériver et les reflets des braises danser sur le verre de ses lunettes.

Puis, comme un éclair, une interrogation lui vint :

— Mais, au fait, Mam Caouanne, il manque l'amour dans la potion, on a oublié d'en mettre dans le chaudron !

— Non, mon petit, tu viens juste de le faire…

CHAPITRE XVII

LE PACTE

À nouveau agrippé aux épaules d'Embrume, la petite otarelle, Antoine savourait son retour vers la terre ferme. Les embruns lui fouettaient la peau, ses lunettes étaient tellement mouchetées de sel qu'il n'y voyait plus rien, mais le garçon s'en fichait : mission accomplie ! Quand il repensa à la manière dont elle s'était conclue, son éclat de rire faillit lui faire avaler une gorgée d'eau de mer.

Une fois satisfaite de l'apparence de la potion dans le

petit chaudron, Mam Caouanne avait posé son fanon de baleine à même le sol et s'était écriée :

— Encore un petit détail !

Elle était allée s'agenouiller sur le bord de sa terrasse de pierre et, tout en grognant sous l'effort, arracha un coquillage gris foncé. Elle le lança adroitement sur les genoux d'Antoine qui reconnut une coquille d'huître. Toujours aussi guillerette, la vieille otarelle s'était mise à fouiller dans une grande carapace de tortue remplie d'objets non-identifiés. Puis dans une autre, puis dans une autre, et encore une autre…

De moins en moins enjouée au fur et à mesure de ses recherches, Mam Caouanne grommelait désormais. Le garçon devait parfois se baisser pour éviter les malheureux outils projetés par la vieille femme. N'osant s'approcher de peur de recevoir une louche ou une carapace sur le coin du nez, il osa pourtant demander :

— Heu… Mam Caouanne, je peux peut-être t'aider ?

— Non ! À moins que tu ne me trouves mon petit couteau à huître ! Ces coquillages sont tellement bornés qu'ils ne voudraient pas confier leur perle pour sauver le monde ! Alors, ta pauvre maman…

— En quoi une perle pourrait sauver maman ? Je croyais que c'était l'antidote qui était important ? demanda Antoine en essayant de ranger l'immense fatras qui transformait la terrasse en caverne d'Ali Baba.

— La perle contiendra l'antidote, je dois donc la

plonger dedans pour qu'elle en puise tous les bienfaits. J'ai choisi cette huître il y a longtemps, je savais qu'elle confectionnerait une perle à la hauteur de cette tâche. J'ai oublié de te dire une chose très importante : Molène ne doit surtout pas avaler l'antidote, il est mortel pour elle, bien trop puissant ! Elle doit le tenir dans sa main et les pouvoirs conjugués de la perle et de la potion feront le reste. Mais où ai-je bien pu fourrer ce couteau ? Quand je pense que c'était un cadeau de Dani ! Il venait directement de l'assortiment de sa cuisine !

— Heureusement que je pose des questions de temps en temps : « J'ai oublié de te dire une chose ! » Ah ben oui, c'est vrai que c'est un tout petit détail…

Antoine cessa soudain de ronchonner et un sourire immense transforma son visage :

— Tu as bien dit « la cuisine de Dani » ? Je n'ai pas de couteau à huître, mais un petit couteau à beurre super puissant ferait l'affaire ?

Et voilà que le couteau à beurre s'était transformé en clé du coffre au trésor… Rien que d'y repenser, Antoine en riait encore ! Décidément, les attentions de Dani cachaient toujours quelque chose. Car le garçon était persuadé qu'il ne s'agissait pas d'un hasard : qui d'autre aurait pu savoir que les mauvais yeux de Mam Caouanne lui jouaient des tours ? Et qui aurait pu deviner qu'Antoine serait assez… tellement doué dans le maniement des armes qu'il porterait un couteau à beurre ? Sa grand-tante allait subir un interrogatoire en règle à son retour !

« Retour »… Le mot roula dans sa bouche comme un bonbon bien sucré : il y était presque.

Arrivé près de la plage, il fit ses adieux à Embrume. La petite otarelle, avec un sourire taquin, lui cria en s'éloignant :

— Si tu as besoin d'un transport des mers, jette à nouveau la montre dans les vagues !

Antoine, après un dernier signe de la main, rit à nouveau tout seul. Il avait envie de courir, de sauter, de danser ! Au lieu de cela, il s'immobilisa pour mieux se concentrer et, fermant les yeux, s'apprêta à appeler ses amis :

— *Je suis revenu, vous pouvez me rejoindre sur la pl…*

Un choc sourd le fit tomber la tête la première. Crachant du sable, Antoine se retourna : avec des yeux jaunes aussi tranchants que la lame qu'elle tenait dans sa main crispée, la « chouette » se tenait à califourchon sur lui. Elle s'était approchée sans bruit, profitant de son euphorie, et s'était jetée sur le garçon. Il s'était fait avoir comme un imbécile et maintenant, il était piégé !

Lentement, paraissant se délecter de la terreur du garçon, Irène approcha son poignard de la gorge d'Antoine. Ses yeux étaient désormais vides, plus vides qu'un abîme sans fond. Ce néant était encore plus glaçant que la fureur : le garçon sut avec certitude qu'elle était prête à tout. Il sentit le métal sur sa peau, puis une brûlure. De plus en plus paniqué, il avait l'impression d'être un mulot entre les serres de sa tortionnaire. Celle-ci siffla, sa voix vibrant d'une rage froide :

— Tu as tué mon compagnon…

— Je… je suis désolé, mais techniquement, c'est pas moi, c'est le requin qui…

— Tais-toi ! Tu as enfreint toutes les règles en venant chercher un antidote pour ta bâtarde de mère, la fille de mon dégénéré de frère. Tu as osé souiller les terres de Sémilor avec ton troupeau de bannis, dont un troll ! Et tu as tué mon compagnon, un Druide loyal et courageux… Tu mérites la mort, petit Terrien !

Cette dingue croyait que Molène était la vraie fille de Marcel et Dani ! Le couteau s'enfonça davantage dans la gorge d'Antoine qui ne pouvait presque plus respirer. Le garçon sentit le sang couler de sa blessure et, suffoquant, ferma les yeux. Sa première pensée fut que s'il mourait là, sur cette plage d'un autre monde, son père ne saurait jamais ce qu'il était advenu de lui. Et non seulement Jacques perdrait sa femme, mais aussi son fils… Et Paul et Anna ? Il ne pouvait pas les laisser tomber ! Déterminé à tout faire pour s'échapper des griffes de cette tueuse, il se mit à pousser sur ses jambes, se débattant comme jamais, en essayant de ne plus penser à la douleur dans son cou. Poussant des rugissements dignes de ceux de Declan, il tenta de repousser Irène. Mais la « chouette » était forte, de cette force des fous. Elle pesa tellement avec ses genoux sur le torse du garçon que celui-ci ne put bientôt plus bouger tant il souffrait. Épuisé, il cessa de combattre. Et s'il faisait semblant de s'évanouir ? Peut-être que…

Puis, aussi soudainement qu'il était tombé dans le sable, il se retrouva soulevé par des bras puissants et déposé derrière une ombre immense. Tout étourdi, la veste poissée de sang, le garçon n'en crut pas ses yeux : cette ombre mouvante et filante était celle qu'il avait aperçue à son arrivée chez son oncle et sa tante ! Réajustant ses lunettes et reprenant peu à peu contenance, Antoine contourna son sauveur qui lui tournait le dos en fixant la « chouette ». Celui-ci tendit une large main afin de tenir le garçon à l'écart du duel qui s'annonçait, mais Antoine s'esquiva. Pas question de faire à nouveau la plante verte pendant que les autres risquaient leur vie ! Déterminé à être utile, le garçon sortit son arme ouvreuse d'huître et s'apprêta à nouveau à le contourner. Un soupir reconnaissable entre tous s'échappa alors de la poitrine de l'ombre. Marcel, car c'était bien lui, grommela dans sa barbe :

— Nom d'un petit lutin, veux-tu bien faire ce que l'on te demande, pour une fois !

— Marcel ? Mais qu'est-ce que tu fais là ? C'est vachement dangereux ! Tu dois pas te faire remarquer !

Ayant oublié Irène pendant un bref instant, il fut rappelé à la réalité par un ricanement grinçant :

— Comme c'est émouvant… Les retrouvailles du papi chéri et de son petit-fils ! Permettez-moi de ne pas verser ma petite larme. Marcel, tu sais que les lois du Conseil permettent à un Druide de châtier le meurtrier d'un autre Druide ; laisse-moi finir mon travail !

Sa fureur intacte, la « chouette » voulut se jeter sur Antoine, mais Marcel la repoussa si fort qu'il lui fit perdre l'équilibre.

— Non ! Ce n'est qu'un enfant ! Je suis ton frère et je te le demande : laisse-le partir.

— Mon frère ? Mon frère ? Je n'ai qu'un frère, et il s'appelle Richard ! Toi, tu n'es plus rien, je t'ai rayé de ma vie quand tu as épousé l'autre traîtresse…

Les yeux d'Irène étaient maintenant remplis de haine.

Marcel était si accaparé qu'Antoine put observer les deux adversaires. Ils étaient tellement différents que si Aloda ne lui avait pas révélé qu'ils étaient frère et sœur, le garçon ne s'en serait jamais douté. La grande carcasse de Marcel, cachée sous un manteau sombre, contrastait avec la fine silhouette de la Druidesse. Le visage de l'homme respirait la générosité et la bonté alors que celui de la femme n'était qu'un masque dur et cruel.

Les mains tendues en avant en un geste de supplication, son oncle invoquait un sentiment dont Irène ne connaissait même pas le nom. Celle-ci était tendue, en équilibre sur ses pointes de pieds, comme si elle allait s'envoler. Antoine savait que si Marcel lui en laissait la possibilité, ne serait-ce qu'un seul instant, elle s'élancerait sur lui.

Irène continua de cracher sa rancœur :

— Tu m'as abandonnée pour cette pseudo-sirène ! Et puis Richard est venu me chercher et il a fait de moi ce que je suis maintenant… Je ne te dois rien, je devrais même te tuer à la place de ce gamin !

À ces mots, la « chouette » s'interrompit et un souffle léger passa entre Marcel et elle. Soudain l'atmosphère changea : Irène, si tendue l'instant d'avant, se redressa, arrogante et satisfaite. Quant à Marcel, il parut s'affaisser et Antoine, qui le regardait, crut voir une lueur dans ses yeux. Fatalisme ? Tristesse immense ? Il n'aurait su le dire mais cela lui laissa un goût amer dans la bouche. Le garçon fut soudain très inquiet, sans savoir pourquoi, et eut l'impression frustrante qu'une décision importante avait été prise sans lui. Marcel murmura de sa voix grave :

— Tu veux sceller le Pacte ? Je ne pensais pas qu'on en arriverait là, mais s'il le faut…

Il posa sa main sur son cœur et Irène fit de même. Sentant un désir impérieux de mettre fin à cette cérémonie dont il ne comprenait pas le sens, Antoine s'approcha de son oncle. Mais celui-ci le prit dans son bras libre sans détacher l'autre de sa poitrine. Le serrant contre lui, Marcel se tourna vers le garçon : il paraissait avoir vieilli de plusieurs années. Après l'avoir embrassé sur le front, il lui souffla :

— J'espère que tu comprendras, un jour…

Puis il riva ses yeux à ceux de sa sœur et ils entonnèrent tous deux un chant bref dans une langue inconnue. Une ombre noire, plus noire qu'une nuit sans lune, se détacha alors de la Druidesse et vint vers Antoine. Le garçon voulut crier lorsque l'obscurité l'enveloppa, mais il resta muet. Il avait soudain l'impression d'être plongé au milieu d'un cauchemar. La silhouette fantomatique de la « chouette », étirée jusqu'à en paraître immense et décharnée, s'approchait de lui, poignard au poing. Elle hurlait de sa bouche béante des menaces qu'Antoine ne comprenait pas. Il chercha à fuir mais ses pieds étaient rivés au sol, comme collés à sa peur. Au moment où la panique le submergea, une timide lumière troua ses pensées et commença à chasser le cauchemar. Elle grossit, envahit bientôt son champ de vision, et le garçon vit à nouveau la plage et la mer. L'ombre glissa alors vers Marcel mais sans l'envelopper. Elle s'infiltra en lui, comme un poison ; le vieil homme grimaça légèrement puis soupira. Il ouvrit alors les yeux et dit à son neveu :

— Allez, viens, on s'en va.

Éberlué, encore sonné par la suite des événements, Antoine emboîta sans mot dire le pas à son oncle et ils s'éloignèrent rapidement de la plage. Le garçon se retourna plusieurs fois, se méfiant de cette issue un peu trop facile. Mais Irène ne bougeait pas, les observant s'éloigner avec son petit sourire satisfait aux lèvres. Peu à peu, la fine silhouette se perdit dans les fleurs des dunes et après quelques minutes de marche, Antoine ne la discerna plus. Il rejoignit son oncle, cheminant à quelques pas devant ; Marcel s'était éloigné sans un regard pour sa sœur. Il paraissait désormais serein, mais fatigué. Soudain, son regard s'éclaira et il tendit le doigt :

— J'en connais trois qui vont être contents de te voir…

Le retour jusqu'à la caverne du Passage fut bien plus rapide que l'aller. Declan, grâce aux soins d'Aloda, à sa robuste constitution et aux encouragements de Marrec, était pratiquement guéri. La profonde blessure n'était déjà plus qu'un mauvais souvenir ; seule subsistait une large cicatrice que le troll exhibait avec une fierté d'enfant. Celui-ci et Marrec se disputaient pour savoir qui était responsable de cette guérison éclair, parlant soit « d'une santé de dragon », soit « d'une stimulation kelpiesque » ! Antoine, qui avait vu Aloda sourire dans son coin, était persuadé que ces deux vantards avaient oublié une petite mais puissante guérisseuse… La jeune fille avait dû apprendre beaucoup plus de choses durant son enfance qu'elle ne l'avait avoué.

Les compagnons avancèrent d'un bon pas jusque tard dans la nuit afin de couvrir le plus de chemin possible. Antoine aurait voulu courir, chevaucher sur le dos de Marrec, mais il n'osait pas abandonner Declan et son oncle. Sa mère allait résister à son poison jusqu'à ce que son fils arrive, n'est-ce pas ?

Les trois nuits furent donc courtes, mais paisibles. Pour une raison connue de lui seul, Marcel avait décrété que les gardes nocturnes étaient inutiles. Ils veillèrent pourtant, mais ensemble, autour d'un feu crépitant : Aloda les régalaient avec des légendes de son enfance, Antoine raconta des anecdotes du collège et les facéties de Paul et Anna, Marrec les faisait hurler de rire avec ses blagues… pas toujours très fines ! Seul le vieux professeur restait silencieux, mais son sourire en disait long sur le plaisir qu'il avait à partager ces moments privilégiés avec ses élèves. Car Declan avait été promu : pendant un discours volontairement solennel, Marcel avait officialisé son statut de troll libre et de nouvel étudiant. Le doux géant avait fondu en larmes grosses comme des boules de pétanques et avait étreint ses amis jusqu'à ce qu'ils crient au secours !

Plus tard, en marchant entre les racines de la forêt abritant la caverne, Marcel avait avoué à son neveu que le troll le touchait : il était « fort comme un chêne mais naïf comme un follet qui vient de naître ! »

Parfois, Antoine laissait traîner son regard, espérant surprendre l'ombre fine de son loup. Mais l'animal se faisait discret ou avait disparu, car le garçon ne le vit pas. Pas de doux bruits de pas dans les feuilles mortes du chemin, pas de froissement dans les buissons à la nuit tombée… Antoine fut un peu déçu, mais pas étonné : après tout, il n'avait plus besoin de protection, sa mission était (presque !) remplie.

CHAPITRE XVIII

TU VAS GUÉRIR, MA P'TITE MAMAN

Lorsqu'ils atteignirent le sentier creux menant à la caverne, Antoine s'arrêta net. Comme il cheminait en tête, ses compagnons surpris stoppèrent en s'écrasant les talons ou se télescopant les uns aux autres. Avant que le concert des protestations ne s'élève, le garçon se retourna et bafouilla :

— Je… Je voulais vous remercier. Quand on arrivera à la caverne, je sais que je ne vais pas pouvoir m'empêcher de foncer au Passage pour aller rejoindre ma mère. Dans ma tête, je suis déjà à l'hôpital !

Ses amis le regardant fixement sans un mot (même Marrec tenait sa langue), Antoine sentit le rouge lui monter aux joues, mais continua bravement :

— Alors, j'anticipe… J'y serais jamais arrivé sans vous. Vous êtes des vrais potes, comme je n'en ai jamais eu. Et toi, Marcel, ben… T'as réussi à changer ma vie. Moi qui pensais qu'il ne s'y passait rien, eh ben je me suis sacrément planté ! Pardon, langage de bulot : je ne me suis jamais autant trompé ! Alors, encore merci… Voilà, c'est tout…

Avec un grand sourire, Aloda s'approcha et l'embrassa sur la joue, qui devint cramoisie… Elle lui glissa :

— Pas de quoi, mon ami, ce fut un plaisir !

Marcel lui ébouriffa les cheveux et le garçon fut surpris de discerner des yeux trop brillants derrière sa barbe épaisse. Pour ne pas ajouter à son trouble, Marrec le prit par l'épaule en riant :

— Rien de tel qu'une bonne bagarre de temps en temps pour se maintenir en forme ! Et puis, qu'est-ce qu'on ne ferait pas pour son pote ?

Égayé par un tel vocabulaire dans la bouche du kelpie, Antoine reprit sa route d'un pas alerte, non sans avoir essuyé une tape amicale de Declan qui faillit le faire arriver à la caverne bien plus vite que prévu…

Le passage fut bref et Antoine ne le sentit quasiment pas, pour une fois, tant il était concentré sur la prochaine étape de son « sauvetage ». Accompagné de Marcel, il grimpa les marches usées et déboucha dans le bureau par la petite ouverture au creux du grand chêne.

Dani était là, évidemment. Antoine se surprit lui-même en se jetant dans ses bras et en la serrant longuement. Puis il se détacha brusquement d'elle en souriant :

— J'ai pas trop le temps mais la prochaine fois qu'on se voit, j'aurai une tonne de questions à te poser ! Genre, qui ont à voir avec un certain couteau à beurre, par exemple…

— Quand tu veux, mon hippocampe ! Mais pour l'instant, va poser tes affaires dans ta chambre et prends une douche rapide : tu n'as pas dû beaucoup utiliser de savon à Sidroc'h…

Comprenant que le couple avait besoin de se parler en tête à tête, Antoine fila sans demander son reste. C'était vrai que son odeur avoisinait celle d'un bouc mal léché… Avec un soupir de soulagement, il se rendit compte que la nuit était profonde en Bretagne : il n'aurait pas à raconter des mensonges à Paul et Anna pour repartir aussi vite qu'il était venu. Son petit frère était si sensible que lui mentir encore une fois le faisait grimacer d'avance, même si c'était pour la bonne cause.

Quand le garçon descendit dans la cuisine, l'atmosphère avait changé. Marcel était de nouveau sombre et

Dani essuya furtivement ses yeux rougis. Elle esquissa bravement un sourire et tendit à son neveu une tasse fumante :

— Bois ça, ta journée est encore longue. Nous partirons ensuite pour l'hôpital.

Désormais très pressé, Antoine hésita à poser des questions sur les nuages qui assombrissaient l'humeur de son oncle et sa tante. Ouvrant et refermant plusieurs fois la bouche, il se fit l'effet d'un poisson hors de son bocal. Mais, après tout, cela ne concernait peut-être pas son aventure. Il aurait tout le temps de s'en occuper après, quand sa mère serait sauvée. Le garçon avala le liquide en quelques gorgées, fut surpris de son goût exquis et, posant la tasse vide sur le comptoir, claironna :

— En voiture, Simone !

Dani avait ressorti sa vieille voiture bringuebalante qu'Antoine retrouva avec une pointe de nostalgie. Il se surprit à effleurer son capot cabossé en songeant que son état d'esprit n'était pas tout à fait le même il y a quelques semaines…

Le trajet fut calme, presque silencieux. Dani se concentrait sur sa conduite, permettant à Antoine de laisser son regard et ses pensées dériver. Les arbres bordant la route étaient moins grands, bien moins nobles qu'à Sidroc'h. Ensuite, ils s'espacèrent, laissant place à des champs. Enfin, ce fut la ville. Antoine eut un choc :

tout lui parut gris, sale et laid. Protégé par son exil et vivant dans un cocon de verdure depuis le début de l'été, il avait oublié à quel point il s'y sentait mal à l'aise. Les trouées de lumière étaient comme des flashs agressifs, le forçant à plisser les yeux, et l'obscurité les succédant n'en était que plus inquiétante. Lui qui avait rarement peur dans les bois (sauf dans le jardin de son oncle) détourna son regard de la rue et fixa la bourse qu'il serrait convulsivement entre ses doigts. Elle renfermait la perle, « le seul remède capable de sauver ta mère » lui avait solennellement dit Mam Caouanne en la lui remettant. La bourse avait été fabriquée à partir de la peau d'une raie venue mourir dans sa grotte.

— Ça ne me met pas trop la pression cette histoire-là ! marmotta le garçon.

— Que dis-tu, mon hippocampe ?

— Rien, Dani, je râle dans ma barbe, comme d'hab'…

— De toute façon, plus le temps de râler, nous arrivons.

L'hôpital était immense, presque tentaculaire. Antoine réprima un frisson en levant les yeux vers les innombrables fenêtres. Ainsi, c'était ici que sa mère était soignée ? Comment allaient-ils pouvoir la retrouver dans ce labyrinthe ? Mais c'était compter sans la débrouillardise de sa grand-tante. La petite femme l'entraîna vers un escalier dissimulé par un mur aveugle : l'escalier du personnel. Ils se glissèrent en silence par la porte vitrée, la bloquant à la suite d'un ambulancier pas très bien réveillé. Puis ce fut une suite interminable de couloirs, tellement semblables qu'Antoine ne comprenait pas comment Dani pouvait ne pas s'égarer. De temps en temps, les deux compères devaient faire demi-tour ou se dissimuler derrière un chariot rempli de compresses pour ne pas se faire repérer. Antoine avait l'impression d'être un agent secret en pleine mission ! Un agent secret égaré dans un labyrinthe qui sentait les médicaments et dont les rares chambres ouvertes laissaient voir des formes anonymes cachées sous des draps blancs…

Antoine se remit à douter. Et si l'antidote était inefficace ? Comment annoncer à son père que sa femme allait mourir ? Et si l'antidote fonctionnait mais que sa mère avait envie de vivre sous l'eau, comme les vraies otarelles ? Le garçon avait beau savoir que la perle qu'il serrait dans sa main était le seul remède pour Molène, il ne se pardonnerait jamais si elle disparaissait dans l'océan par sa faute.

Plongé dans ses pensées, il vit au dernier moment sa grand-tante se retourner et lui indiquer une porte. Celle-ci portait le numéro 15. Reprenant courage, Antoine décida d'y voir un heureux présage. Si sa mère était soignée dans une chambre qui avait le même âge que lui, cela leur porterait chance, non ? Serrant la main de Dani au passage, il prit une grande inspiration et entra.

La chambre était silencieuse, immobile. Ne subsistait comme bruit que le rythme lancinant des capteurs enregistrant les battements du cœur de la malade allongée dans un lit médicalisé. Le corps reposait dans la pénombre, tellement mince que le garçon crut que sa tante s'était trompée de lit et qu'il était entré dans la chambre d'un enfant. La silhouette endormie soupira et se retourna vers lui. Le cœur déchiré, Antoine reconnut sa mère ; elle était si maigre que même respirer semblait lui être un effort. Sa poitrine se soulevait à peine et elle émettait un petit sifflement à chaque inspiration. Les larmes aux yeux, le garçon s'avança et prit la main de Molène dans la sienne : elle lui parut si petite et elle était si froide… La tête vide, des bourdonnements aux oreilles, Antoine ne pouvait rien faire d'autre que fixer sa mère. Elle était tellement malade… Quel imbécile il était de croire qu'une perle venue d'un monde bizarre pourrait la sauver ! Réprimant un gémissement, il posa sa joue contre la main de Molène, celle-ci se réchauffant à son contact. Tout à coup, elle se crispa, mais si doucement que le garçon n'aurait rien senti si sa joue ne reposait pas contre ses doigts amaigris. Qu'importe, ce tout petit signe de vie le fit se redresser et il s'encouragea à voix basse pour chasser son stress :

— Allez pépère, c'est pas le moment de flancher ! Bouge-toi les fesses et arrête de pleurnicher, ce sera bien plus efficace pour sauver maman !

Sortant à grand-peine la perle de sa bourse tant ses doigts tremblaient, Antoine la glissa entre les deux mains de sa mère comme un bijou dans son coffret. Mam Caouanne l'avait prévenu que la guérison pouvait prendre de longues heures, suivant l'état de la malade. S'allongeant délicatement à ses côtés (elle était tellement mince qu'il n'eut même pas besoin de la pousser pour se faire une place), il souffla :

— T'inquiète, ma p'tite maman, tu vas guérir. C'est Mam Caouanne qui me l'a dit. Ah, c'est vrai, tu la connais pas…

De fil en aiguille, Antoine raconta à sa mère toutes ses aventures, depuis son exil jusqu'à son retour. Était-ce son imagination ou Molène l'écoutait ? Elle s'était tournée vers son fils, calée contre l'oreiller, le visage levé vers lui. Celui-ci racontait, racontait… Sidroc'h lui paraissait déjà si loin ! Il lui sembla que son histoire dura des heures. Quand il eut enfin terminé, l'aube pointait son nez et le garçon était épuisé. Il ferma les yeux, juste un instant, mais c'était si agréable…

Il fut réveillé en sursaut par une exclamation :

— Antoine ? Mais qu'est-ce que tu fais là ?

Complètement perdu, Antoine se redressa sur le lit. Son père était entré dans la chambre. Dani avait dû s'éclipser de l'hôpital entre-temps. L'air épuisé et presque aussi hébété que son fils, Jacques faisait triste mine. Mais à ce moment précis, il paraissait plutôt surpris et… fâché !

L'esprit embrumé par sa nuit trop courte, le garçon se défendit mollement :

— Heu… J'en pouvais plus de rester enfermé chez Marcel sans voir maman, alors j'ai convaincu Dani de m'emmener ici. C'est pas sa faute ! C'est moi qui ai insisté pour venir !

— Elle ne m'a même pas prévenu… Et toi non plus, d'ailleurs !

Se radoucissant, il ajouta plus tendrement :

— Je comprends que ta mère te manque et que tu t'inquiètes. J'aurai dû te tenir au courant plus souvent, je suis désolé. Mais je t'avoue que je ne savais pas trop quoi te dire… Ta mère est… très malade. Les médecins sont un peu à court d'idées : ils ont essayé beaucoup de traitements, mais ça n'a pas marché. Ils m'ont quand même promis qu'ils allaient essayer autre chose, un nouveau protocole venu des États-Unis. Je suis sûr que ça va la soigner, tu verras !

Jacques avait l'air si rassurant et en même temps si désespéré qu'Antoine se leva doucement et vint l'enlacer :

— Je suis content de te voir, papa… Elle a l'air un peu mieux ce matin, non ?

— En fait… tu as raison ! Elle est moins… plus… tu as raison !

Jacques détourna ses yeux brillants de sa femme et Antoine regarda par la fenêtre ; il n'avait jamais vu son père pleurer. Le silence s'approfondit et le garçon faisait mine de s'intéresser de plus en plus au parking de l'hôpital lorsqu'une voix s'éleva. Cette voix, encore faible mais reconnaissable entre toutes, les enveloppa comme une main douce :

— Salut, ma puce ! Vous pouvez m'expliquer ce que je fais dans un lit d'hôpital ?

CHAPITRE XIX

OUBLI

Après quelques heures auprès de ses parents, Antoine, rassuré par la vitalité de Molène, s'était mis en quête de Dani. Il dénicha celle-ci à la cafétéria, discutant de l'avantage de soigner par les plantes avec un infirmier amusé. En la voyant, Jacques avait commencé par la gronder d'avoir amené son fils, mais il était si rayonnant que son remontage de bretelles se termina en câlin collectif, ce qui atténua un peu la sévérité de son discours… Puis les deux fautifs reprirent la guimbarde de Dani, non sans avoir étouffé Molène de baisers.

Antoine n'était plus du tout inquiet désormais, il connaissait un peu sa mère et devinait la suite des événements ! Il se doutait que sa famille ne serait plus séparée bien longtemps.

En effet, après quelques jours d'hôpital, Molène avait décrété qu'elle était guérie. Elle avait signé une décharge aux médecins, encore perplexes devant cette guérison miraculeuse. Très vite, la maman ours avait réclamé ses petits et ils allaient tous enfin retrouver la maison familiale.

Dix jours étaient passés.

Les adieux à la maison de pierre et à ses occupants furent déchirants, bien que tout le monde se promît de se revoir très bientôt. Antoine sentit ses yeux piquer à de nombreuses reprises en serrant contre lui sa petite sœur qui sanglotait.

Il n'avait finalement pas osé demander à Marcel pourquoi son humeur était devenue si sombre depuis leur départ vers l'hôpital. Parfois, son oncle était si impressionnant quand il se murait dans son silence, que le garçon sentait son courage filer se cacher au moment de l'interroger… Alors, haussant les épaules, il avait fini par conclure que ce n'était sans doute pas ses affaires et que Marcel était assez grand pour se débrouiller tout seul, malgré le poing de glace sur son estomac qui lui disait le contraire.

Antoine avait profité de ces dix jours pour s'occuper de Paul et Anna, ainsi que pour passer du temps avec Aloda, Marrec et Declan. Ceux-ci étaient pour le moment dispensés de cours, Marcel ayant décrété qu'ils avaient droit à des vacances bien méritées. Le Sencha de ses élèves ne passait plus guère le Passage et préférait les laisser entre eux.

Sans jamais s'éloigner de la caverne (Antoine avait toujours peur de voir Irène surgir d'un buisson), les amis profitaient de leurs derniers moments ensemble. Néanmoins, leur séparation fut adoucie par la promesse du garçon de courir au Passage aux prochaines vacances scolaires pour les retrouver. L'éclat dans les yeux verts d'Aloda et sa soudaine hésitation passèrent inaperçus dans l'effervescence du départ ; seul Marrec parut les remarquer, mais il haussa les épaules et enlaça Antoine.

Au moment de partir de la maison de pierre, croulant sous les conseils de Dani et ses petits cadeaux, Antoine se retourna vers son grand-oncle : celui-ci le fixait, l'air serein, et son sourire acheva de rassurer le garçon. Rien ne pouvait lui arriver, il était si fort !

La fin de l'été avait filé comme un songe, alternant entre les visites de moins en moins fréquentes de Marcel et Dani, les grasses matinées et les sorties en voilier. Antoine avait également retrouvé une habitude qu'il chérissait (mais dont il avait bizarrement « oublié » de parler à ses potes) : partager des soirées film-thé-chocolat avec Molène. Enfouis malgré la douceur de l'air sous une montagne de couvertures, serrant leur tasse brûlante, ils regardaient sans se lasser leurs longs métrages préférés. Le garçon en connaissait des passages entiers par cœur et les récitait jusqu'à ce que sa mère lui jette un coussin à la figure… En entendant parler de ce rituel, Dani leur avait offert un pot de l'infusion que le garçon avait tant appréciée avant son départ à l'hôpital. Désormais, il ne pouvait plus s'en passer et en buvait tous les soirs. Sa mère, de son côté, s'en tenait à son thé habituel.

Et puis, la rentrée en Seconde était finalement arrivée. Paul était entré en CM1 et Anna en CE1. Leurs parents étaient retournés au travail et la vie avait repris son cours entre les potes (beaucoup), les devoirs (un peu…) et le lycée (hélas !). Les semaines passaient vite et Antoine voulait croire que tout était rentré dans l'ordre, mais il ne pouvait s'empêcher de penser qu'il lui manquait quelque chose. Comme une pièce de son puzzle personnel qui restait hors de portée. Et cette pièce, il en était sûr, avait un rapport avec son exil de l'été dernier. Quand il s'efforçait d'y repenser, le garçon revoyait des images du jardin, des odeurs de cuisine, des mélodies au piano… Mais la pièce du puzzle lui échappait encore. Pourtant, il ne s'était rien passé de spécial cet été-là !

À l'arrivée des vacances de la Toussaint, Antoine ressentit une violente excitation et une impatience qu'il ne parvenait pas à réprimer. Il devait se passer quelque chose, ou plutôt, il avait quelque chose de très important à faire, mais quoi ? À chaque fois qu'il essayait d'y réfléchir, une brume envahissait son esprit et ne se dissipait que lorsqu'il se concentrait sur sa vie quotidienne. Frustré, ayant l'impression obsédante de passer à côté d'un rendez-vous privilégié, Antoine laissait éclater sa mauvaise humeur. Ses parents virent arriver la rentrée avec soulagement…

L'année passa, sereine mais terne. Antoine avait peu à peu cessé de chercher la cause de l'abattement qui lui pesait parfois sur les épaules et de ses envies de solitude. Ses propres réactions l'étonnaient parfois : il rêvait souvent de filles aux cheveux couleur noisette (n'importe quoi !) et repensait avec nostalgie aux aquarelles de son grand-oncle qu'il n'avait pas vu depuis de longues semaines. Ces derniers temps, il s'était même surpris à caresser les chevaux dans le centre équestre où montait sa sœur ! Ses rêves, surtout, étaient étranges, colorés en vert ou en bleu et habités par des créatures fantastiques. Antoine cherchait à les retenir à son réveil, fasciné par ces mondes qu'il visitait chaque nuit, mais les songes s'échappaient toujours.

Un soir, il s'aperçut que le pot contenant l'infusion de sa grand-tante était presque vide. Au bout de plusieurs jours et après avoir tenté de joindre Dani sans succès, Antoine décida de se rendre à la boutique de thé la plus proche.

L'après-midi suivant, s'étonnant lui-même de son impatience, il prétexta un mal de tête pour annuler une sortie à la plage et courut jusqu'à la petite échoppe. Marmonnant dans ses moustaches, il s'en approchait, le pot contenant les dernières feuilles séchées bien à l'abri dans son sac à dos : « J'y crois pas, la honte ! Tout ce cirque pour une boisson de mémé ! Heureusement que Marrec n'est pas là, sinon j'en entendrais parler pendant des jours… »

Pétrifié, s'arrêtant net au milieu du trottoir, le garçon se prit la tête dans les mains. « Mais c'est quoi ce bazar ! Je deviens dingue… Marrec… Marrec… J'ai jamais eu de pote qui s'appelait Marrec ! »

Bousculé par la bourrade d'un passant pressé, Antoine se remit à marcher sans y penser. Décidant de décrypter les bizarreries les unes après les autres, il entra finalement dans la boutique de thé.

L'endroit était exigu, presque étouffant tellement il était surchargé. Des étagères supportaient de grosses boîtes en fer-blanc d'un rose pâle qui lui faisait penser aux vieux habits de poupée d'Anna. Des napperons étaient partout entassés sur tous les supports possibles

LES FILTRES DE VIVIANE
THÉ

de la boutique et, accrochés jusqu'au lustre tarabiscoté, pendaient… des pompons ! En laine pelucheuse, teints dans toutes les nuances de rose, ils étaient atroces. Reculant au fur et à mesure qu'il découvrait la décoration abominable de l'échoppe, Antoine ne savait plus s'il devait rire ou vomir… Au moment où il se décidait à fuir en courant, une voix agréable l'apostropha :

— Bonjour, jeune homme, je peux vous aider ?

Une jolie jeune femme, qui aurait été bien plus à sa place dans un magasin de vêtements à la mode, s'avançait vers lui. Blonde, les cheveux coupés très court, elle portait une blouse légèrement trop serrée pour ses jolies formes. En essayant de ne pas loucher sur un bouton défait qui en révélait un peu plus qu'elle ne l'aurait sans doute souhaité, Antoine bredouilla :

— Ben… en fait, oui. Ma… grand-mère n'a plus d'infusion et sans sa tasse tous les soirs, elle est complètement perdue. Le problème, c'est qu'elle ne connaît pas la composition de l'infusion, c'était un cadeau ! Du coup, j… elle m'a donné le pot avec les dernières feuilles et je voulais savoir si vous pouviez m'aider ?

— Pas de problème ! Je suis moins douée que ma grand-mère à moi (tout s'explique pour la déco !), mais je devrais pouvoir me débrouiller. Montre-moi ces feuilles.

Concentrée, la jeune femme prit le pot que lui tendait Antoine et en sortit les rares tiges qui en tapissaient le fond.

— Hmm… Tiges creuses, feuilles fines… Je suis à peu près certaine que… Je reviens !

En lui faisant un clin d'œil (Antoine se dit que décidément, il aimait beaucoup les yeux verts…), la vendeuse s'éclipsa un moment et revint avec un petit livre

— Voilà, j'en étais sûre ! L'infusion de ta grand-mère est de l'herbe à chats. J'en ai ici, je vais te remplir ton pot.

Le garçon retint un soupir de découragement. Pour une raison mystérieuse, le nom de son infusion revêtait une importance capitale à ses yeux, mais l'herbe à chats ne lui disait rien du tout ! Il paya rapidement la vendeuse et poussa la porte. Il s'apprêtait à la refermer lorsque la jeune femme lui lança du fond de la boutique :

— J'ai oublié de vous dire ! Le vrai nom de l'herbe à chats est la valériane !

Antoine eut l'impression que la foudre lui tombait dessus. Il ne sut jamais comment il était rentré chez lui et comment il s'était écroulé sur son lit. Tout lui était revenu : son été, la découverte du Passage, ses aventures à Sidroc'h, la guérison de sa mère, et surtout ses amis… Il les avait laissé tomber ! Dani, puis Mam Caouanne, l'avaient prévenu des effets néfastes de la valériane sur les otarelles : elle leur faisait perdre la mémoire !

Avec une horreur croissante, le garçon se rendit compte que c'était Dani qui lui avait donné l'infusion. Elle avait voulu l'éloigner, le couper de Sidroc'h. Elle lui avait fait oublier son don, la raison pour laquelle il s'était senti différent toute sa vie. Elle lui avait fait passer une année vide, pleine d'une frustration terrible qu'il ne comprenait pas. Pourquoi lui avait-elle gâché la vie après l'avoir aidé à l'embellir à ce point ? Et Aloda et Marrec ? Qu'avaient-ils dû penser quand il n'était pas venu les rejoindre pendant les vacances… Dani leur avait-elle menti, à eux aussi ? Et Loup ? S'était-il senti abandonné, lui aussi ?

Maintenant fou de rage, Antoine étouffa un cri et se mit à boxer son oreiller. Molène, alertée par le bruit, surgit dans sa chambre :

— Qu'est-ce qui se passe ?

Elle vit le pot d'infusion de valériane à moitié vidé sur le sol et son fils blanc comme un linge. Elle soupira et s'assit sur le lit à côté de son fils.

— Alors, c'était donc ça… la valériane. Je suis tellement désolée, Antoine. J'aurais dû faire un peu plus attention aux cadeaux de ta grand-tante. Je pense… Non, je suis sûre qu'elle a fait cela…

— Si tu dis « pour me protéger », je me casse, je te préviens !

— OK. Je vais te dire ce que je sais si tu acceptes de te calmer, d'accord ?

Incapable de répondre, incapable même de s'étonner que sa mère pût savoir quoi que ce soit sur Sidroc'h, Antoine replia ses jambes et la fixa. Prenant son silence comme un assentiment, Molène se racla nerveusement la gorge et commença :

— Tu as appris par Mam Caouanne que Dani et Marcel m'ont élevée et que je suis née à Sidroc'h. Tu sais également que ma mère a disparu et que mon père… n'est pas quelqu'un de bien. Dani ne m'a jamais caché mon histoire, mais elle a longtemps évité de me parler de ses côtés les plus sombres. Et il y en a beaucoup ! Bref, elle et Marcel ont toujours, et pendant toute leur vie, tenté de me protéger. Ils tiennent à toi bien plus que tu ne le crois et je pense que s'ils ont cherché à t'éloigner de Sidroc'h, c'est pour une très bonne raison…

— Ça y est, tu recommences ! Je ne veux pas être protégé ! J'ai quand même traversé une bonne partie des terres du Sémilor pour aller te chercher ton antidote. Je me suis battu avec un troll, j'ai sauvé mes potes, je me suis même retrouvé avec un couteau sous la gorge, si tu veux tout savoir !

— Un… quoi ?

— Eh ben ouais… Et je ne m'en suis pas trop mal sorti ! OK, Marcel m'a bien aidé… Complètement tarée d'ailleurs, cette Irène. Elle veut me tuer et cinq minutes après, elle a l'air contente de nous voir partir !

— Explique-toi, j'ai dû rater un épisode…

— Maman, je suis désolé, mais c'est toute une saison que t'as raté !

— Antoine Steredenn…

Devant les yeux noirs de sa mère, Antoine obéit en cessant de faire l'imbécile. Molène était plutôt compréhensive, mais il valait mieux ne pas pousser le bouchon trop loin…

— Quand je suis revenu de l'île de Mam Caouanne, Irène m'a attaqué. Elle allait me tuer… ou me blesser! reprit-il précipitamment devant l'air effaré de sa mère. Marcel a surgi de nulle part. Au début, elle ne voulait rien entendre et tout d'un coup, il s'est passé un truc étrange. Comme s'ils s'entendaient tous les deux sans parler. Il y a eu une ombre flippante, qui est venue d'Irène, m'a traversé et est entré dans Marcel… Je te jure, c'était trop bizarre!

Il s'interrompit à nouveau. Molène était devenue blanche comme un linge.

— Ont-ils parlé de quelque chose de précis? Le nom de la chose étrange passée entre eux?

— Oui, attends… C'était un nom comme… un contrat? Non, c'est pas ça… Un pacte!

— Nom d'un petit lutin!

Sous les yeux éberlués de son fils, Molène sortit de sa chambre comme une tornade, dévala l'escalier et s'empara du téléphone. Elle composa un numéro, laissa sonner trois fois le combiné, puis raccrocha. Antoine qui l'avait suivie n'osa parler même si, comme souvent, les questions lui brûlaient la langue. Soudain, la sonnerie du téléphone retentit, les faisant sursauter tous les deux.

À son grand étonnement, sa mère décrocha puis lui tendit le combiné. Les mains tremblantes, ayant l'impression d'un désastre imminent, Antoine approcha l'écouteur de son oreille. Des sanglots étouffés lui parvinrent, si rauques et si déchirants qu'il ne reconnut tout d'abord pas la voix de son interlocuteur. Il murmura :

— Dani ?

— Mon hippocampe… Je suis tellement désolée ! Je sais que tu détestes cela, mais je devais te protéger… Je suis désolée… Les feuilles effacent la mémoire primitive de certaines créatures comme les otarelles, tu comprends ? Je savais que tu oublierais Sidroc'h, je suis tellement désolée… Et maintenant, c'est arrivé et c'est terrible ! Je ne sais pas quoi faire…

— Dani, qu'est-ce qui est arrivé ?

— Antoine… Elle a enlevé ton oncle !

Molène, qui avait entendu la conversation, attrapa les clés de la voiture et lança à son fils :

— Dis-lui de ne pas s'inquiéter. On arrive !

TABLE DES MATIÈRES

Les Mystères de Sidroc'h

T2 • Les Chemins noirs

www.beluga-jeunesse.com
www.coop-breizh.fr

ISBN 978-2-37133-325-3

1 ZA de Kergwenn, 29540 Spézet.

Impression Printcorp (UE).
Dépôt légal : 2e trimestre 2021.

« Loi n° 49-956 du 16 juillet 1949
sur les publications destinées à la jeunesse. »